Ella

Editorial Bambú es un sello
de Editorial Casals, SA

Casp, 79 – 08013 Barcelona
editorialbambu.com
bambulector.com

Ilustración de la cubierta: Ignasi Font

Diseño de la colección: Estudi Miquel Puig

Primera edición: octubre de 2025
ISBN: 978-84-1086-008-7
Depósito legal: B-14732-2025
Printed in Spain
Impreso en Anzos, SL
Fuenlabrada (Madrid)

El papel utilizado para la impresión de este libro procede de bosques gestionados de manera sostenible.

La traducción de esta obra ha recibido una ayuda del Ministerio de Cultura, a través de la Dirección General del Libro, del Cómic y de la Lectura

MINISTERIO DE CULTURA
DIRECCIÓN GENERAL DEL LIBRO, DEL CÓMIC Y DE LA LECTURA

Lectura infinita
#pactoporlalectura

NÚRIA PRADAS

ELLA

Traducción de Roser Vilagrassa

bambú
EDITORIAL

Recuerdo como si fuera hoy el día en que ella se me acercó y me miró con aquellos ojos oscuros e inmensamente tristes.

Recuerdo la agitación que su presencia me causó; la turbación ante su belleza rara, diferente, inquietante; la extrañeza ante aquella juventud envuelta de negro.

Recuerdo los latidos injustificados de mi corazón al oír su voz.

–¿Eres Joel Traver? ¿El periodista?

Y ahí empezó todo.

1. Ese era yo

Yo soñaba con ser el mejor periodista de investigación del mundo. Creía que no había historia (por escabrosa que fuera, por muchas dificultades que entrañara) que pudiera resistirse a mi olfato periodístico, a mi mente escrutadora, a mi pluma ágil.

Iba a comerme el mundo. Durante un tiempo (ahora puedo afirmar que una especie de suerte disfrazada de casualidad ayudó más que mis capacidades innatas), un espejismo se instaló en mi vida y me hizo creer que los sueños se estaban convirtiendo en realidad.

Me topé con una buena historia y todo marchó a pedir de boca. Escribí un reportaje que vendí a un medio de comunicación importante.

Muy importante.

La repercusión mediática fue inmediata. Mi nombre empezó a sonar y se referían a mí como «la joven promesa del periodismo».

En aquel momento, embriagado por el éxito, no se me ocurrió pensar que a menudo las promesas no se cumplen. Y que, en ocasiones, algo que parece que va a emerger se queda sumergido.

Recibí un premio. Y creí que había alcanzado la cumbre.

¡Menudo iluso!

Ufano como me sentía, seguro de mí mismo y de mis capacidades, no tardé mucho en publicar el segundo reportaje. Ignoré que ese momento de mi vida exigía más precisión que nunca. Que no podía dormirme en los laureles. Preparé aquel trabajo de forma precipitada, porque estaba convencido de que el tiempo apremiaba y me importaba más vender que informar.

Me lo pagaron bien. Pero fue un fracaso absoluto.

Las malas críticas me atacaron como dardos envenenados. El globo se deshinchaba y otros nombres empujaban con fuerza. Nuevas firmas con más méritos o, simplemente, nuevas promesas que disfrutaban de su momento de suerte, como yo había disfrutado del mío.

Así, me convertí en un periodista del montón, cuyo nombre sonaba o había sonado en algún momento.

Y un nombre no vale nada.

Nunca he sido una persona humilde. No he nacido para interpretar el papel de perdedor. El sabor del triunfo es difícil de olvidar, y las oportunidades (por así decirlo) que los medios de comunicación nos ofrecen hoy para alcanzar un éxito rápido, una popularidad fácil, son tentadoras.

Pronto me vi como un contertulio televisivo en programas de calidad nula, en los que la ética periodística brillaba por su ausencia.

Ahora mi nombre no solo era conocido: también lo era mi rostro.

Firmaba autógrafos por la calle y me compraba ropa de marca. Sin embargo, no estaba satisfecho. Sabía que aquello no era lo que perseguía. Y como esa certeza me dolía, la enterré en lo más hondo de mi corazón, en un lugar remoto del que no pudiera emerger para recordarme el fracaso más flagrante de mi vida.

Los periodistas de verdad, los que habían creído en mí, dejaron de hacerlo. Y aquellos lectores que podrían haber sido leales si hubiera tenido más paciencia, si hubiera seguido mi camino, se desvanecieron como el humo.

Y es que la lealtad de los lectores no se obtiene sin más, hay que ganársela y mantenerla.

Ese era yo (Joel Traver, experiodista de investigación, contertulio de programas basura, aspirante a escribir grandes reportajes) cuando aquella chica me disparó por la espalda su pregunta en medio de la calle una cálida tarde de mayo.

2. Tengo el caso que buscas

—¿Eres Joel Traver? ¿El periodista?

Le respondí que sí, que yo era Joel Traver, el periodista. Ella no dijo nada. Se limitó a perforarme un poco más con aquellos ojos tan negros que después bajó para mirar el suelo.

La observé con detenimiento. Llamadlo deformación profesional.

Era joven, muy joven. Seguramente no llegaba a los veinte años. Quizá, pensé después de un segundo examen más detenido, su figura frágil y delicada contribuía a esa sensación de extrema juventud: la baja estatura, las formas infantiles del cuerpo desprovisto de curvaturas sensuales, la palidez casi enfermiza del rostro. Y la manera de vestir, toda de negro, con una sudadera con capucha muy poco adecuada para aquellos días de calor casi estival.

Dudé. Lo cierto es que parecía más joven de lo que había pensado al principio. Cuando empezaba a temerme que fuera apenas una estudiante de bachillerato un poco gótica y rarita que buscaba el autógrafo de un rostro popular, volvió a hablar. Al hacerlo, desestimé aquella idea y regresé a mi primera impresión, porque su voz traslucía madurez. Una seguridad que fluía desde muy adentro. Una seguridad perceptible en su forma de mirarme al hablar.

Casi podía afirmar que la mirada de esa chica era la de una vieja. ¡No! Tal vez era más exacto decir que estaba exenta de edad. Desde luego, no era la de una adolescente.

–Y ahora no tienes trabajo, ¿verdad? O sea, un trabajo que te guste.

Me sentí atacado. Insultado. Mi ego me hizo registrar aquella afirmación no como una constatación, sino como una impertinencia. ¿Qué iba a saber aquella rarita de mí y de los trabajos que me gustaban o no? ¿Cómo podía consentirse que la gente fuera por el mundo metiéndose en la vida profesional de los demás, escupiéndoles a la cara sus secretos más ocultos?

¿Qué iba a saber una desconocida de mis expectativas no cumplidas, de mis deseos ocultos bajo una frágil capa de popularidad superficial?

¡Con qué rapidez pasaron todas aquellas reflexiones por mi cabeza!

Y cuánto me dolió aquella pregunta, tan corta, tan directa. Tan clara.

Estaba a punto de inventarme toda una historia de éxitos y encargos que me esperaban a la vuelta de la esquina para burlarme de ella. Pero no me dio tiempo.

–Tengo un caso que exige un buen investigador. Es el caso que buscas.

Me entraron ganas de reír. Ahora resultaba que la chica en cuestión era una experta en investigación periodística. Y, además, sabía mejor que yo mismo lo que me convenía.

Lo más lógico habría sido dar media vuelta y olvidar el asunto, a la chica y la sudadera negra.

Sin embargo, no sé por qué (o tal vez sí, porque en mis adentros aún quedaba un rescoldo de curiosidad periodística), me sorprendí preguntándole:

–¿Qué tipo de caso?

3. Un banco frente al mar

La invité a tomar un café. Pero ella me dijo que no le gustaban los lugares demasiado concurridos.

–¿Así que nunca vas a discotecas?

No se dignó a contestarme. Echó a andar y tuve que apretar el paso para alcanzarla.

Anduvimos un buen rato en absoluto silencio, uno al lado del otro. La situación me incomodaba.

A ella no.

Al fin, llegamos al paseo marítimo. Soplaba un viento más fresco que en el centro de la ciudad, donde nos habíamos encontrado. Un aire perfumado de olores marinos que hacía mucho tiempo que no respiraba. Y es que soy un urbanita convencido y practicante. Solo acostumbro a pisar asfalto.

Se sentó en un banco de cara al mar y yo hice lo mismo.

No negaré que me entraron ganas de reírme. La situación era cómica; un poco friqui. Yo, un periodista televisivo supuestamente ocupado, una tarde de mayo, mirando el mar, cosa que no hacía nunca, junto a una absoluta desconocida que parecía haberse olvidado de mi presencia.

Pensé que había cometido una estupidez, que lo mejor era despedirme de la manera más educada posible y meterme en un taxi que me devolviera al meollo de la ciudad, porque los pies me dolían del paseo.

Entonces, como si me hubiera leído el pensamiento, volvió a hablar.

–¿Siempre tienes tan poca paciencia?

¡Aquello ya era demasiado!

–No, bonita; lo que pasa es que no tengo tiempo para...

–Entonces, ¿por qué me has seguido hasta aquí? ¿Por qué no me has mandado a freír espárragos hace media hora?

Tocado y hundido.

Si en vez de ser un mal periodista hubiera sido un buen guionista, de aquella situación habría salido una película impresionante. Una película digna del Woody Allen de la mejor época.

La chica volvió a mirarme de aquella forma que removía algo en mi interior, algo secreto y angustioso.

–Yo no te obligo a nada, ¿sabes? Pero tú eres un buen periodista y yo tengo un caso que hay que investigar.

Tuve que hacer un esfuerzo para poder decir algo más o menos coherente.

–Me estás tomando el pelo, ¿verdad? Hay alguien grabando con el móvil y luego colgarás esta especie de conversación estúpida en Facebook, ¿no? Cómo he podido ser tan...

–¿Sabes quién es Eduardo Aimamí?

Me la quedé mirando con suficiencia.

–Pues mira, sí, esa respuesta me la sé. Porque resulta que este tipo es bastante conocido. Hace semanas que su cara está por todas part...

–Es un asesino.

Si no me levanté fue porque me quedé clavado en el banco.

–Eduardo Aimamí es un asesino. No tengo ninguna duda. Solo necesito que alguien como tú lo demuestre.

No dije nada. Además de inmóvil, me había quedado mudo. Se decían muchas cosas de Eduardo Aimamí. Sin embargo, esta era nueva. Nueva y brutalmente increíble. De hecho, lo que acababa de oír era tan alucinante que decidí hacerme el longuis.

–Vale. Ya veo que no te interesa –me dijo.

Se levantó, hundió las manos en los bolsillos de la sudadera negra y empezó a alejarse.

–¡Espera! –reaccioné por fin.

Se dio la vuelta. Muy despacio.

–¿No pretenderás que asimile todo eso en segundos, no? Tienes que entender que cuesta creerlo, que es...

No sabía qué decir. Sospechaba que algo en todo aquello iba más allá de la pura comprensión racional. Dentro de mí se abría paso una intuición que me decía que aquella chica no bromeaba.

O, tal vez, solo era que el poder capta la atención de cualquiera. Y si ese cualquiera es un periodista, ya está todo dicho. El poder, claro está, era Eduardo Aimamí.

–Te entiendo. Aún no sabes si me quieres ayudar...

Dejó la frase en el aire, como si aquellas palabras no fueran adecuadas y buscara otras.

–Si quieres investigar el caso, te esperaré aquí mañana a la misma hora. Mañana.

Y empezó a alejarse.

–Espera, mujer... ¿Cómo te llamas?

Negó con la cabeza y su figura negra, encapuchada, frágil, menuda, se fue empequeñeciendo hasta desaparecer del todo.

No hablaré de los dilemas internos en los que me vi inmerso aquellas veinticuatro horas. Sabía de sobra que siempre hay que tener mucho cuidado con el poder. Y con los poderosos.

Fueron horas intensas. Una noche sin dormir. Dudas. Todos conservamos en el recuerdo alguna situación como esta. Debemos decidir sobre algo a lo que damos vueltas y vueltas y, en cuestión de segundos, pasa de parecernos la oportunidad de nuestra vida a convertirse en humo, en agua de borrajas, en una bobada. Llegados a este punto, el ciclo vuelve a empezar.

Hasta el infinito.

Hasta que, casi siempre, el tiempo, el cansancio o una intuición misteriosa y oportuna deciden por nosotros.

Fuera como fuese, al día siguiente por la tarde yo estaba sentado en un banco frente al mar.

4. Ella

Hacía tiempo que le decía a su madre que ella no servía para estudiar. Sin embargo, no era verdad. No del todo. Simplemente, no quería hacerlo. Le parecía una pérdida de tiempo, porque en su casa lo que necesitaban era llegar a fin de mes.

Ella y su madre estaban solas. Su padre había muerto hacía tiempo con tan solo cuarenta y cinco años. Pero su madre no levantaba cabeza. No se recuperaba. Vivía por vivir. Tal vez, por no abandonarla.

Lo cierto es que ya no tenía nada que ver con la persona alegre de las fotografías del álbum olvidado y proscrito en la habitación. El que de vez en cuando hojeaba a escondidas para no olvidar el rostro de su padre. Para recordar la risa de su madre. Para verse a sí misma de pequeña, protegida entre aquellos brazos que ya no existían.

Estaba harta de todo. De pasar penurias. De no saber qué hacer con su vida. ¡Y del instituto! Aunque no era mala estudiante, pese a haber repetido algún curso, tenía la convicción de que aquel no era su camino.

Hasta que se plantó. Ya no podía más.

–Mamá, no nos hacen falta títulos, sino dinero. ¿No ves que te matas limpiando pisos por cuatro monedas? Te pasas el día trabajando y ni siquiera salimos adelante –le soltó una tarde mientras la mujer se desvestía maquinalmente en su dormitorio al volver del trabajo, sin fuerzas, con la amargura trabada en la voz.

–Ya soy lo bastante mayor para trabajar.

Le hablaba con rabia, con frialdad, sin mover un solo músculo del cuerpo. Y aquel nudo que atenazaba la voz de su madre se iba deshaciendo y le empañaba los ojos.

–¿No ves que solo nos tenemos la una a la otra? Ya tengo dieciséis años, mamá. Quiero trabajar. Así podremos vivir más desahogadas. Y a lo mejor hasta puedes dejar el trabajo de las tardes.

Intentó sonreír. Sin embargo, estaba tan poco acostumbrada que solo le salió una mueca rasgada.

–Incluso podríamos darnos algún capricho de vez en cuando.

Su madre le acarició la frente con ternura y se dejó convencer. Ella tampoco podía más. Había hecho lo posible por que aquella situación no salpicara a su hija. Por que pudiera seguir estudiando, tener un buen futuro. Aunque había sido en balde. La necesitaba para salir adelante. Era verdad: solo se tenían la una a la otra.

Una tía suya que trabajaba en un edificio de oficinas del barrio le encontró trabajo. Necesitaban chicas para el turno de limpieza de noche. Cuanto más jóvenes, mejor, porque las más mayores o las que estaban casadas y tenían hijos no aguantaban aquellos horarios.

Al volver a casa el primer día, de madrugada, su madre la esperaba despierta. Le había preparado un buen desayuno. Se había propuesto recibirla con una gran sonrisa. Sin embargo, en cuanto la vio entrar por la puerta tuvo que taparse el rostro con las manos y se esforzó por reprimir un sollozo.

–¡Ay, hija! ¡Que tenga que verte así! ¿Por qué nos ha ido todo tan mal?

Pero ella estaba contenta. Casi feliz.

–¡Mamá! ¡No vengo de la guerra! Solo es un trabajo. ¡Es que eres muy peliculera!

Una semana después, la que lloraba al volver del trabajo era ella. O casi. Estaba baldada. Echaba de menos el *dolce far niente* del instituto. Aunque disimulaba delante de su madre. Su sueldo les iría muy bien. No podían renunciar a esos ingresos.

El trabajo en el edificio de oficinas también tenía cosas buenas. Casi todas las trabajadoras eran chicas jóvenes, aunque ella era la más pequeña del grupo. Además, la mayoría eran espabiladas y listas, salvo un par de mosquitas muertas con las que era preferible no tener trato.

Enseguida se juntó con Asunta y María.

Asunta tenía veinte años, y María, dieciocho. Asunta era habladora y extrovertida. Le gustaba canturrear mientras trabajaba y siempre tenía alguna historia que contar. No podía decirse que fuera guapa, pero llamaba la atención. Quizá porque, más que maquillarse, le gustaba decorarse. Todo en Asunta era excesivo: la ropa, el maquillaje, las palabras...

Ella no acababa de entender cómo Asunta y María podían ser tan amigas. Porque María era casi lo opuesto: tan reservada que casi rozaba el misterio. Y tan bonita, con aquellos ojos dorados y grandes que te cautivaban, que para llamar la atención le bastaba con una mirada.

Tenía que reconocer que se había dejado deslumbrar por aquellas dos chicas tan diferentes y se había enganchado a ellas como una lapa a una roca. Aunque, evidentemente, de quien más aprendía era de Asunta.

Cierto era que ella había salido con algún chico del instituto. Sin embargo, ¡Asunta les contaba cada cosa! María siempre escuchaba esas batallitas en silencio. Y ella alucinaba.

Por eso, cuando Asunta las invitó un domingo a salir con su grupo de amigos, no dudó ni un instante en aceptar. Pensó que su vida cambiaría gracias a aquellas nuevas amistades. Que estaba a punto de entrar de lleno en el mundo de los adultos. Sentía que estaba animada. Feliz.

La realidad fue una decepción considerable.

5. Eduardo Aimamí

En aquella época, Eduardo Aimamí era un político en ascenso. Con cincuenta y tres años, se había forjado una carrera política meteórica y, al parecer, irreprochable, sin fisuras.

Tras dar sus primeros pasos en el mundo empresarial, llegó a ser director general de una de las sociedades financieras más importantes, la Red Económica Catalana. Desde allí había llegado a la gestión pública trabajando en el Área de Transportes del Ayuntamiento de Barcelona en un momento en el que este era un asunto espinoso y difícil para la ciudad. Su mano de hierro se hizo notar.

Hombre ambicioso, no opuso límites a su ascenso. Se dejó tentar por más de un partido e incluso militó en las filas de uno de los grandes.

No siendo esto suficiente, fundó su propio partido, Democracia en Marcha, una fuerza política pretendidamente renovadora y decididamente conservadora que reclutó caras muy conocidas no solo del mundo de la política, sino también de la cultura, y que enseguida se situó entre las fuerzas vivas del panorama político del país.

Ahora quería volver al Ayuntamiento. Pero como alcalde.

Según marchaban la campaña y las encuestas a tan solo un mes de las municipales, todo apuntaba a que podría conseguirlo.

La faceta social del candidato a la alcaldía tampoco pasaba desapercibida.

Eduardo Aimamí era un hombre de piel blanca, dientes blancos y camisas muy blancas. Todo él era de un blanco deslumbrante. Un hombre de elegancia innata y maneras exquisitas, con carisma de líder y sonrisa de anuncio de dentífrico. Un hombre con encanto. Que abusaba de su encanto.

Transpiraba seguridad cuando hablaba con los medios. Era imprescindible en cualquier fiesta que aspirara a convertirse en un acontecimiento. Su presencia era requerida en toda clase de actos sociales, aunque él sabía escoger y acudía allí donde debía. Siempre lo acompañaba su esposa: una guapa mujer rubia igual de elegante, deslumbrante y risueña que él.

Decididamente, el perfil de Eduardo Aimamí no encajaba con el de un asesino. O, cuando menos, con la imagen que solemos tener de ellos.

Entonces, ¿qué hacía yo sentado en la playa, delante del mar, viendo cómo rompían las olas, esperando a una chica extraña y huidiza que había adjudicado al candidato el único adjetivo que nadie habría osado atribuirle jamás?

No tenía ninguna respuesta lógica. Y me sentía imbécil.

En mi interior más recóndito se estaba gestando y crecía por momentos un nerviosismo inquietante...

Todas las alarmas de mi cerebro periodístico se habían disparado.

6. Un grito mudo de auxilio

Dudé muy seriamente de que la chica sin nombre acudiera a la cita.

Era más lógico, y hasta tranquilizador, pensar que aquello había sido una broma de mal gusto.

Y yo, un imbécil integral.

A pesar de todo, no me moví del banco. Con una puntualidad casi británica, apareció vestida igual que el día anterior. Pequeña y delgada, con el pelo muy liso, aunque con un no sé qué que le hacía parecer mayor.

El misterio, tal vez. El misterio de lo que decía y de lo que no decía. El misterio de sus ojos negros de antracita.

Se sentó a mi lado.

–Has venido –dijo.

No noté emoción alguna en sus palabras. Más bien eran la constatación de un hecho dado por seguro.

Y me encogí un poco más en el banco sin comprender por qué aquella chica conseguía ponerme nervioso cada vez que abría la boca para hablar. O cuando me miraba. O cuando no decía nada y dejaba perder la mirada oscura en aquel mar tan azul. Tal como estaba haciendo en aquel momento.

–No sé por qué, pero he venido. No te creas, me siento bastante mal. Bastante...

–¿Sigues pensando que esto es una broma?

Solté un suspiro.

–No sé qué pensar.

Ella, sin dejar de contemplar cómo las olas lamían con suavidad la arena, dijo en voz muy baja:

–Lo sabía.

–¿Se puede saber qué sabías? ¿Sabías que vendría?

–Sí. Eres un buen periodista.

–¡Y tú qué sabes! –salté casi cabreado.

Algo se removió dentro de mí. Tal vez olvidé, durante unos segundos, que no estaba solo. El caso es que dije lo que dije en voz alta. Al hacerlo, me sentí mejor.

Mucho mejor.

–No soy un buen periodista. Soy un fraude. Un cretino.

–No. No lo eres. Solo estás buscando algo que no encuentras.

Hizo una pausa.

–Y quieres ir demasiado deprisa.

Me la quedé mirando. Debía de tener la boca tan abierta que hasta babeaba.

–Tú...

–¿Lo harás?

¿Por qué puñetas nunca me dejaba terminar?

–¿Demostrarás que Eduardo Aimamí es un asesino?

¿Impedirás que haga daño a otras personas? ¿Escribirás su historia?

Me levanté. Aquello era surrealista.

Entonces noté que su mano me sujetaba el brazo con fuerza; con una fuerza que no tenía nada que ver con su aparente fragilidad y que me impedía huir.

Ella me miraba. Y yo sentía sobre mí el fuego apagado de sus ojos.

Me ponía nervioso.

Muy nervioso.

Si alguien ha conocido el sufrimiento y ha suplicado que se terminara, ha implorado ayuda, estoy seguro de que lo ha hecho como ella hizo en aquella ocasión. En aquel mudo grito de auxilio no había fingimiento. Fue una llamada que me atravesó el alma. Que detuvo los latidos de mi corazón durante unos segundos.

No hace falta decir que volví a sentarme.

Que volvimos a sentarnos los dos mirando el mar.

7. Empezar por el principio

Retiró despacio su mano fría y firme a medida que se relajaba.

–Lo que dices es muy fuerte. ¿Qué pruebas tienes?

–Las tengo, no te preocupes.

–¿Y por qué no vas a la policía?

Su mirada era inexpresiva. Estaba vacía. Movió un poco los ojos, como si el reflejo del sol de la tarde le molestara.

–La policía no me sirve. Lo tienes que hacer tú.

–¿Por qué?

–Porque lo sé. Porque tú escribirás la historia de este hombre. Lo que ha hecho. Porque, si lo haces tú, se sabrá.

–Te aseguro que, si lo que dices es cierto, se sabrá igual, lo investigue quien lo investigue. Porque es una bomba. Una bomba atómica.

Se hizo un silencio. Sin querer, sin darme cuenta, le iba cogiendo el gusto a aquella historia, me la iba creyendo. E iba creciendo en mi cabeza, se hacía grande, yo me hacía grande. Me veía con el Pulitzer en las manos.

Entonces me obligué a aterrizar y miré a la chica.

Me estaba observando.

–Lo que te pido es mucho más que un reportaje.

–¿Por qué tengo siempre la impresión de que me lees el pensamiento? ¿Tanto se nota lo que pienso? ¿Lo llevo escrito en la frente?

No dijo nada. Ni pestañeó. Volvió a poner la mirada en el mar, impertérrita. Aquel mar de mayo tan azul, tan tranquilo, que parecía contener todas las verdades, todas las historias.

Suspiré, impaciente, tratando de recuperar al profesional que llevaba dentro, y me puse serio.

–¿Dices que Eduardo Aimamí es un asesino? ¿Y a quién ha matado, si puede saberse?

–Ya lo averiguarás. Todo llegará a su tiempo.

–¡Ah! Magnífico.

No pensaba darme por vencido.

–¿Y tú cómo lo sabes? ¿Cómo te has enterado? ¿Conocías a la víctima? ¿Viste algo? ¿Qué?

Se encaró a mí tan violentamente, me atrevería a decir, que me sobresaltó. Estaba muy seria. Más que nunca. Sus ojos, aquella mirada inquietante me penetraba hasta la médula.

–Oye, si me ayudas con esto, si aceptas investigar el caso, solo hay una condición.

–¿Cuál?

–No debes hacerme preguntas. No hay preguntas. Tienes que confiar en mí.

¿Que no había preguntas, decía? Yo, en cambio, estaba convencido de que había demasiadas.

–Mujer, es que lo que me pides...

–Tú harás el reportaje y te llevarás la gloria. Aunque te la tendrás que ganar.

Hizo una pausa. Una pausa triste. Parecía estar concentrada en sus argumentos.

–Te necesito. Y tú a mí, porque no podrás hacerlo solo. No encontrarías nada. Luego tendrás eso que tanto anhelas.

–¿Y tú? ¿Qué ganas tú?

–¿No me has oído? No debes hacer preguntas. No hagas preguntas.

–¿Te das cuenta de que le estás pidiendo a un periodistas que no haga preguntas?

–¿Te das cuenta de que te estoy dando en bandeja el reportaje de tu vida?

Aquella chica, fuera quien fuera, supiera lo que supiera, me ganaba siempre por goleada.

–Muy bien, tú mandas. Puede que esté haciendo la peor tontería de mi vida, pero...

Suspiré.

–¿Cuál sería el primer paso?

–Empieza por el principio.

Me la quedé mirando.

–¿Qué? ¿Por el principio? ¿Qué principio? ¿Por el principio de los tiempos? ¿No has dicho hace un momento que me ayudarías?

–Y lo haré. Todo a su tiempo. Empieza por el principio.

Soltó un fuerte suspiro de enfado.

–¡Eso ya tendrías que saberlo, hombre! ¡Eres periodista de investigación!

Se puso de pie y, como había hecho la tarde anterior, echó a andar por el paseo marítimo y se alejó de mí.

Debí de quedarme con cara de interrogante. Me levanté y grité con fuerza para que me oyera.

–¿Cuándo volvemos a vernos? ¿Dónde quedamos?

No me contestó.

Estaba claro que no me lo iba a poner fácil.

8. Ella

A pesar de sus expectativas, no se sintió cómoda entre los amigos de Asunta. La intimidaban. Casi todos eran mayores que ella. Algunos tenían trabajos igual de precarios que el suyo. Otros no hacían nada. Ni trabajaban ni estudiaban. Todos, tantos los chicos como las chicas, eran agresivos y buscabullas. Su concepto de diversión se limitaba a cogerse unos pedos descomunales los fines de semana, y eso tal vez no fuera lo peor. Algunos habían tenido problemas con la policía.

Los chicos trataban a las chicas con desprecio. Se aprovechaban de ellas y les hablaban con un lenguaje grosero y machista que la ofendía.

Las chicas les permitían aquello y más porque, seguramente, habían crecido en ambientes en los que maltratar a las mujeres era el pan de cada día.

Si alguna vez, cuando iba al instituto, le había parecido que sus compañeros eran conflictivos, ahora, al pensarlo, los veía como personajes de un cuento infantil: inocentes y tiernos a más no poder.

Además, por culpa de los amigos de Asunta, empezó a mentir a su madre. Mentía cuando le decía con quién salía, adónde iba, qué hacía. Nunca lo había hecho hasta entonces. Entre ella y su madre nunca había habido mentiras. Por eso le costó tanto la primera. La segunda fue más fácil y, luego, las mentiras salían de sus labios con más soltura que las verdades.

Le fastidiaba tener que mentir tanto, pero estaba convencida de que los amigos de Asunta no le habrían gustado a su madre. Sufriría si supiera que salía con una pandilla en la que parecían escasear los valores que ella, pese a los golpes que les había dado la vida, le había intentado inculcar. Habrían discutido y ella se habría visto obligada a defenderlos a pesar de que tampoco le agradaran. De modo que era preferible que su madre siguiera pensando que salía con los amigos de siempre. Con la pandilla del barrio, del instituto. Si ya era lo bastante mayor para trabajar, también lo era para ir con quien le diera la gana sin tener que dar demasiadas explicaciones.

A menudo se preguntaba por qué quedaba con la pandilla de Asunta si no le aportaba nada bueno. Ni siquiera se lo pasaba bien con ellos. Sin embargo, dejar de hacerlo habría sido como reconocer delante de sus nuevas amigas que era una niñata. Las habría decepcionado.

Estaba convencida de que todos esos miedos, esas dudas, se debían a que estaba en una época de cambio. Tenía que adaptarse a su nueva vida. A sus nuevas amistades.

Aun así, la procesión iba por dentro. Tal vez por eso, porque no sabía del todo qué quería, pensó en sincerarse con María. Quería saber si ella se sentía cómoda en compañía de esa gente.

Aprovechó una noche que Asunta libraba. María y ella estaban solas en los lavabos. Se la quedó mirando con unos ojos que recordaban a la chica que solía ser, la del instituto. La niña.

–¿Sabes? He pensado que... Mira, ¿sabes qué te digo? Que creo que no voy a volver a quedar con la pandilla de Asunta.

Le salió como un tiro, echando por tierra el discurso y las preguntas que se había preparado.

María no parecía sorprendida. Ni interesada. Se encendió un cigarrillo y soltó una bocanada de humo al techo de los lavabos de las oficinas. Luego se quedó mirándola con un desprecio nuevo en la mirada, un desprecio que ella no conocía.

–¿Tú...? ¿Tú te lo pasas bien con ellos? –le preguntó titubeando, arrepentida de haber iniciado aquella conversación.

–Haz lo que te dé la gana. A mí me la suda si sales o no. Yo solo quedo con ellos por Nacho. Estoy colgada. Es el único que me interesa, ¿sabes?

María dejó de mirarla, como si se hubiera olvidado de su presencia, y siguió fumando hasta que el cigarrillo se consumió entre sus dedos. Su mirada, aquella mirada casi dorada, tan fascinante, se había vuelto dura como el acero. Y ella no acababa de entender por qué. María era una chica muy difícil de entender.

Aunque aquella gente no le gustara, siguió saliendo con ellos casi por inercia. No le gustaba nada cómo esos chicos, que con veinte años parecían hartos de la vida y lo despreciaban absolutamente todo, arrastraban por el suelo los sentimientos de los demás. Ni que trataran a las chicas como si fueran objetos de su propiedad, con las manos ligeras y la lengua afilada.

Tampoco entendía que Nacho manejara a María como un trapo sucio. Que la usara y la tirara y la volviera a usar. Siempre según su conveniencia.

No le gustaba nada de todo aquello.

Cada domingo, cuando volvía a casa asqueada, se juraba a sí misma que no volvería a quedar con aquella tropa de descerebrados.

Sin embargo, se pasaba la semana entera limpiando retretes en las oficinas y el domingo no podía, no quería, quedarse encerrada en casa.

De esa manera, sin ser del todo consciente, entró en una rutina muy difícil de romper.

9. La investigación

El punto de partida de una investigación sobre una persona consistía, según enseñaban en la facultad, en reunir toda la información posible sobre la vida y los hechos del sujeto en cuestión. En esto, ella tenía razón. Como siempre.

Debía leerme todo cuanto se hubiera publicado sobre Aimamí, lo que se hubiera escrito y lo que circulara por las redes. ¡Cualquier cosa! Tendría que empezar por sus negocios, por su vida familiar. Averiguar si todo le iba bien. Conocer las amistades que frecuentaba.

Tenía mucho trabajo por delante.

Me pasé unos cuantos días recopilando información. Leyendo. Consultando. Quemándome las pestañas delante de la pantalla del ordenador. Iba tomando notas. Me iba haciendo una composición del personaje. Intentaba aproximarme a él.

Puedo decir que estuve a punto de empacharme de Eduardo Aimamí.

Sin embargo, no llegué a descubrir nada que me llamara la atención. Casi me atrevería a decir que no encontré nada que no supiera ya.

Lo único que conseguí durante aquellos días de intensa investigación sobre mi personaje fue aportar detalles bastante intrascendentes a la información básica de la que ya disponía.

Había que dar un paso más. Tenía que intentar hablar personalmente con él. Tenía que entrevistarlo.

Ahora bien, yo sabía que Eduardo Aimamí no concedía entrevistas al primero que llamaba a su puerta con libreta y lápiz en mano. Pero yo tenía, o había tenido, un nombre. Procuré pensar que eso me serviría, que me ayudaría, de modo que me puse en contacto con su secretaria.

No lo conseguí. Es decir, no conseguí llegar hasta la secretaria. Me tuve que conformar con una colección de voces bobas de secretarias de la secretaria que me iban pasando de una a otra como una pelota. La última de ellas, en cuanto oyó mi nombre, aquel nombre que acaso durante un breve espacio de tiempo fue el de un periodista serio y ambicioso, se quedó en silencio.

Fue un silencio lo bastante largo para herir mi sensibilidad.

La gente suele ser olvidadiza. Nuestra memoria se reduce a hechos inmediatos. Del periodista serio no se acordaba nadie. La mujer que había al otro lado de la línea telefónica tampoco. En cambio, al *showman* que hacía de contertulio en subproductos televisivos, ¡caray!, a este sí que lo tenía muy presente la señora.

La voz almidonada tuvo suficiente amabilidad para disfrazar la verdad con un «la secretaria del señor Aimamí está muy ocupada con la campaña electoral». Me quedó muy claro que lo que estaba diciendo era que «el señor Aimamí no lo recibirá en su vida porque no habla con mindundis que van preguntando por ahí impertinencias y estupideces con el micrófono en la mano».

No. Si seguía aquel camino no conseguiría llegar a Eduardo Aimamí.

No podría acercarme a él como periodista, como investigador.

Claro que siempre podría hacerlo bajo otra apariencia.

10. Pizzas a domicilio

La oficina que habían convertido en la sede de la campaña electoral de Eduardo Aimamí hervía con una actividad frenética la tarde que les llevé una *pizza* que nadie había pedido.

Un montón de rostros interrogantes empezaron a aparecer al abrir la puerta y la caja fue pasando de mano en mano sin que nadie se dignara a rascarse el bolsillo para abonarme el importe.

¡Vaya escándalo monté!

Saqué mi vena teatral, bastante desarrollada durante los últimos tiempos en la tele, y les monté una auténtica tragedia griega. Si ellos se hacían los locos y no sabían quién había pedido la *pizza*, no era mi problema. O sea, no era el problema del pobre repartidor que interpretaba.

Al fin, una chica más amable e ingenua que el resto de sus compañeros me pagó de su bolsillo, cosa que me supo un poco mal, y me respondió unas cuantas preguntas de tanteo que le solté como quien no quiere la cosa.

–¡Ostras, vaya movida tenéis montada! ¿A qué os dedicáis?

–Es la oficina electoral de Eduardo Aimamí. Estamos preparando la campaña.

–¿Una campaña?

Lo pregunté fingiendo ingenuidad, con una de mis deslumbrantes caídas de ojos. Porque, disculpad mi falta de modestia, la gente acostumbra a decir que soy guapo y que mi mirada desprende encanto y picardía. Por eso dediqué a la chica una de esas que no suelen fallar.

La chica olvidó durante unos segundos el tema de conversación y se quedó mirándome. Luego dijo en voz más baja, mientras se abanicaba con un folleto con la foto de un Aimamí que sonreía con la dentadura y la cara blancas:

–Electoral. Campaña electoral.

Cuando salí de la oficina, ya sabía que la chica se llamaba Esther, que era periodista, que hacía prácticas en la oficina y que no cobraba un euro por su trabajo.

También sabía que adoraba a Eduardo Aimamí y que besaba el suelo que el candidato pisaba.

Como todos.

Bueno, como casi todos.

A las siete, cuando Esther salió de trabajar, yo la esperaba en la puerta de la calle.

No me arrepiento de los paseos con Esther, ni de las noches que pasamos juntos, ni de aquella semana en que me convertí en su sombra. Era una buena chica, con rasgos finos e inciertos. Ingenua y tímida a partes iguales.

Lo único que se me hizo pesado fueron las películas polacas en versión original que a ella le encantaban y que me hacía tragar, tanto si quería como si no.

Debo reconocer que mientras veíamos la última sentados en el sofá de su casa tuve un lapsus. Me quedé dormido. Me despertó un grito de indignación de Esther. Abrí los ojos y me enderecé como pude. Me caía un hililllo de baba por la comisura de los labios.

En vano, le juré y perjuré que estaba haciendo prácticas de meditación. Aquel día perdí muchos puntos a los ojos de Esther, quien, por otra parte, tampoco aportó información nueva a la que yo ya tenía sobre el «hombre de la sonrisa impoluta». Y eso que con ella desplegué todas mis dotes de seducción, que, aunque me esté mal decirlo, no son pocas ni desdeñables.

Por eso, porque ese camino tampoco me conducía a nada, una tarde primaveral y lluviosa me despedí de ella diciéndole que mi madre, que vivía en Bolivia porque se había casado con su novio boliviano, estaba enferma y reclamaba mi presencia.

Esther lloró lágrimas amargas.

Yo me largué a mi casa cabreado.

11. La visita

Cabreado, claro, porque lo único que había descubierto era que Eduardo Aimamí era un ejemplo de honradez, un ganador nato. La gente que lo conocía lo adoraba.

¿Por qué diablos me habría creído aquella estúpida idea de que era un asesino?

¿Por qué estaba perdiendo tiempo y energía en una historia propia de una peli polaca con subtítulos?

Me estiré en el sofá, desanimado y agotado, cuando una voz surgió de entre las sombras.

–Te dije que empezaras por el principio. No que fueras a la tuya, ligándote a pardillas inocentes.

Di un salto olímpico.

–¿Cómo...? ¿Cómo has entrado en mi casa?

–Yo no tengo la culpa de que dejes la puerta abierta –dijo ella.

Aquello me sublevó. Yo siempre he sido muy cuidadoso con esas cosas. Nunca me he dejado el gas abierto, tengo una buena alarma en casa y siempre cierro la puerta con dos vueltas de llave.

–Esto no puede ser... Me has dado un susto de muerte.

–Lo siento.

Se aproximó a mí, que estaba de pie y temblaba como una hoja de otoño a punto de caer del árbol. Me había hablado desde la parte del salón que estaba a oscuras, cosa que solo había hecho que me asustara más.

Ahora, al acercarse al amplio ventanal, le veía el rostro, más pálido que nunca. Y los ojos, extrañamente empañados, ausentes, en los que el miedo era el único indicio de humanidad.

La chica tenía miedo. Y yo no podía dejar de mirarla. Mi corazón aún latía desbocado después de aquel susto de infarto y, aun así, no podía dejar de mirarla. No podía dejar de observar aquella belleza que casi resplandecía, tan pura, tan blanca.

Por primera vez, se había quitado la capucha de la sudadera. Una larga cabellera le caía sobre la espalda; la luz del sol que se filtraba por la ventana le arrancaba reflejos caoba.

–No me mires así.

Fue como si me dieran un bofetón para despertarme.

–No me preguntes. No me mires. Empieza por el principio... ¡Ya estoy harto!

Se me acercó y, sin saber muy bien por qué, di un paso atrás. ¿Cómo podía dejarme intimidar por una chiquilla? ¡Era vergonzoso!

–Eres inteligente y atrevido y, a la vez, inocente como un crío.

–¡Mira qué gracia!

Echó a andar por el salón. Por «mi» salón. Parecía que se hubiera movido por aquellos quince metros cuadrados toda su vida. Se dirigió hacia el mueble de diseño, un objeto rarísimo que servía para dejar cualquier cosa que quisiera poner encima, siempre y cuando no sirviera para nada. Yo había puesto una foto de mi infancia. Y es que, en el fondo, soy un sentimental.

Sin dudarlo ni un momento, cogió la foto en la que abrazaba con los bracitos a mi padre y a mi madre. Debía de tener unos tres años. Puede que menos.

Después de un rato que me pareció muy largo, la volvió hacia mí para mostrármela.

–¡Empieza por el principio! –bramó con rabia.

Y se marchó sin despedirse.

Mi corazón siguió galopando un buen rato por su cuenta, martilleando en mis tímpanos.

12. Ella

Tal vez el desprecio que sentía por Nacho se le empezaba a notar demasiado en los ojos. Ella no era de las que sabían disimular. Era transparente.

Seguramente por eso, él, aquel chico que se sabía guapo, que jugaba a ser irresistible y que no aceptaba nunca un no por respuesta, la empezó a rondar como un moscardón.

Nacho tenía veintiún años y trabajaba de mecánico. Los domingos, cuando salía por ahí con los amigos, iba hecho un figurín. Se notaba que se esmeraba por borrar el rastro que la grasa le dejaba en la piel durante la semana.

El olor a colonia cara, la ropa de moda, las deportivas de marca, el móvil de última generación: todo en él hablaba de lo que quería ser. O parecer. Un triunfador a quien la vida sonreía. Sin embargo, a menudo sus ojos ardían con una rabia que teñía sus iris de un tono gélido.

Aquel domingo de noviembre, el viento soplaba con furia y dejaba notar la dentellada del invierno. La tarde se volvía noche, arrastrándose entre esas sombras alargadas que a ella tanto la angustiaban. Su padre se había marchado un día de noviembre al anochecer y, desde entonces, siempre le había parecido un mes profundamente triste. El más triste del año.

Junto a los amigos de Asunta, agotaban las últimas cervezas y las horas de aquel domingo frío en un bar del barrio igual de taciturno que su ánimo. Sentía un malestar en la barriga. Una extraña melancolía. Una añoranza inexplicable. Y añoraba algo, sí, aunque no sabía qué. Quizá algo que no había tenido nunca. Que no conocía.

Era una sensación mezquina. De haber podido, se habría peleado con alguien. De hecho, no sabía qué hacía allí, masticando su propia rabia, su frustración. Decidió marcharse. Pagó la consumición y murmuró una excusa a modo de despedida.

Al salir, soltó una bocanada de aire cargada de un regusto metálico.

Se puso a andar por las calles estrechas y familiares del barrio. Entonces lo oyó a su lado. Nacho la había seguido y ahora caminaba arrimado más de lo necesario, susurrándole palabras que ella no quería escuchar.

El chico se ofreció a acompañarla a casa. Ella no se opuso.

Siguieron andando juntos. En silencio. Él fumaba un cigarrillo. La punta roja brillaba intermitente en la oscuridad de aquella tarde fría y ventosa.

Llegaron a la puerta de su casa. Los dos.

Ella intentó despedirse con palabras entrecortadas, apresuradas, mientras abría el portal con la llave.

De repente, Nacho la empujó hacia dentro con fuerza, contra la pared. Y, en la oscuridad, empezó a manosearla mientras buscaba su boca.

A tientas, ella encontró el interruptor de la luz. La encendió. Se oyó el ruido de una puerta al abrirse y pasos bajando por la escalera.

Nacho la soltó y la fulminó con la mirada como un halcón que ve escapar su presa. Le pasó un dedo por la cara con un gesto cargado de prepotencia.

Ella se escabulló escaleras arriba.

Cuando, por fin, entró en casa, tenía un cráter en el estómago.

13. El reto

El salón de mi casa, que también hacía las veces de comedor y despacho, empezaba a estar lleno de fotografías de Eduardo Aimamí. Fotografías recortadas de la prensa, bajadas de internet, de carteles electorales, de revistas...

Intentaba dar con algo en aquellas imágenes. Sin embargo, no encontraba nada. Empezaba a estar harto de aquella sonrisa tan blanca y radiante. No me gustaba, aunque no sabía la razón.

Fui a la cocina a buscar el bote de pistachos.

No sé por qué, pero trabajo mejor si como pistachos. Contraje este vicio en la infancia. Es el único que me permito, ya que ni fumo, ni bebo, ni como nada que no sea bio.

Vale, soy un maniático.

Todos aquellos días de intensa investigación solo me habían permitido averiguar la fecha de nacimiento de Aimamí y un genérico «nacido en la provincia de Barcelona», cosa que, por otra parte, ya sabía.

Nada más.

Ningún dato sobre su infancia ni sobre su juventud.

Estaba muy cabreado. Me sentía frustrado. Pero la adrenalina volvía a correr por mis venas de periodista.

Aquello era un reto y, no podía negarlo, empezaba a gustarme. ¡Y mucho!

Ahora bien, aunque empezaba a sentirme interesado por el caso, hacía quince días que la chica de negro me había abordado por la calle con aquella preguntita inocente y yo estaba agotado. Durante esas dos semanas no había hecho otra cosa que pensar en Eduardo Aimamí; salvando, claro está, el breve paréntesis que representó Esther en la investigación.

Entré en casa asegurándome muy bien de que la puerta estaba cerrada igual que la había dejado por la mañana. No quería más sorpresas. Solté la bolsa en el suelo y pisé la correspondencia que alguien, seguramente el cartero, había metido por debajo de la puerta porque el buzón estaba tan abarrotado que vomitaba papeles. Recogí unas cuantas cartas, más que nada porque en el suelo molestaban.

Me dejé caer en el sofá.

Intenté quitarme de la cabeza aquella historia, aunque solo fuera unos minutos. Fue en vano.

Tenía las cartas en la mano. Miré los sobres.

Uno del banco. Publicidad engañosa.

Otro del banco. Sería de la hipoteca.

Uno con una tarjeta VIP de no sé qué local de moda.

Con gesto desganado, los fui tirando de nuevo al suelo.

Uno era de City On, la cadena privada de televisión donde trabajaba. Este sí que lo abrí.

Era una carta de despido. Me recordaban de una manera poco amable que, puesto que faltaba a mi cita profesional y diaria con ellos desde hacía más de una semana de una manera injustificada y sin previo aviso, no les quedaba más remedio que dar por cancelada la relación profesional que nos unía. Y acababan diciendo, por si quería saberlo, que ya me habían sustituido por otro colaborador que, aunque no era periodista (esto no lo decían, pero yo lo sabía, como sabía que acaparaba portadas por su relación con una niña bien desocupada), daría un aire nuevo al programa.

Me entraron ganas de reír.

«Un aire nuevo». Como si eso de chismorrear, criticar y hacer daño gratuitamente pudiera hacerse con aires nuevos. ¡Si era una costumbre más vieja que la tos!

Me sentí bien. Aliviado de una carga pesada.

Claro que, bien mirado, aquello suponía una traba a la hora de pagar las facturas de la hipoteca de la casa espléndida en la urbanización de la parte alta de la ciudad donde vivía. Y suerte que no me gustan los coches: no sé conducir y solo me desplazo en transporte público. De lo contrario, habría añadido a los gastos los plazos de un cuatro por cuatro o del último modelo de un descapotable.

Por suerte, mi trabajo vacío, insulso y casi indecente en la cadena de marras me había servido para procurarme una cuenta corriente bastante saneada. Porque no soy una persona que gaste en caprichos ni despilfarre. Como os decía, casi no tengo vicios.

Contaba con un dinerillo ahorrado (así habría dicho mi madre), de modo que podía permitirme ir tirando una buena temporada. Claro que, si el reportaje de Aimamí no salía bien, no sabría a qué dedicarme en un futuro próximo. A la televisión (al menos, a aquel tipo de televisión) no.

Con esta idea reconfortante en mente, lancé la carta de la tele al suelo con las demás y volví al trabajo. Tenía una parte de la pared repleta de fotos de Aimamí. Me las quedé mirando.

«¿Quién eres, Eduardo Aimamí?».

Esta pregunta me obsesionaba.

Desvié la vista y paseé la mirada por mi salón tan *fashion*. Quizá también debía preguntarme quién era yo. O en qué me había convertido. Hasta ese momento, mi ritmo de vida no me no me había permitido plantearme demasiadas reflexiones metafísicas. Sin darme cuenta, había cambiado mucho en poco tiempo. Abandoné proyectos e ideales que casi me había obligado a olvidar.

Me había rodeado de cosas superfluas que justificaban lo que hacía y con las que intentaba dar sentido al hecho de vivir entregado a un trabajo que me asqueaba.

Y ahora me preguntaba: ¿para qué quería todo aquello?, ¿de qué me servía?

No había tenido tiempo para disfrutarlo. Ni nadie con quien compartirlo.

Estaba hecho un lío. «El caso Aimamí», si es que existía, había abierto mi particular caja de Pandora y difícilmente la podría volver a cerrarla.

¿Quién era yo? ¿Dónde había ido a parar el Joel Traver de toda la vida?

Abrí la puerta de la sala para que corriera un poco el aire y salí al jardín, que aún no había tenido tiempo de arreglar y que parecía más una selva amazónica que un patio decente.

Y allí, a la sombra de un árbol, estaba ella.

14. El jardín

No pude evitar dar un salto de plusmarca olímpica.

No se dignó ni a saludarme. Solo dijo:

–Como el otro día te asustaste tanto, he preferido esperarte en el jardín.

Me quedé mirando el muro que separaba el jardín de la calle. Era alto, macizo, y no tenía ninguna puerta.

No dije nada.

Fui a sentarme a su lado, resignado a no entender nada de nada. Aun así, las manos me temblaban y el labio inferior se movía de forma compulsiva.

–¿Cómo las has conseguido?

Me lanzó un interrogante con la mirada.

–Las llaves. Las llaves de mi casa. ¿Cómo las has conseguido?

Me dedicó lo que podía considerarse una sonrisa vaga.

–No disimules. Tienes que tener una copia de mis llaves. ¿O es que eres una tortuga ninja?

Evidentemente, no contestó.

Yo estaba muy nervioso.

Preferí cambiar de tema.

–¿Quieres tomar algo? ¿Un zumo de manzana?

–No, gracias. No tengo sed.

–¿Pistachos?

–No.

–¿Tampoco tienes hambre?

–Tampoco.

–Ah.

El sol se iba poniendo. El aire era más frío y ligero. Se estaba bien bajo aquel árbol, que era mío (o del banco), en aquel jardín que no parecía un jardín.

Cerré los ojos y noté que mis músculos se relajaban, que respiraba mejor. ¿Acaso mi capacidad para sorprenderme había caducado después de trabajar en aquel programa de telebasura, después de haber conocido toda clase de fauna humana?

–¿Qué has descubierto? –me preguntó.

Permanecí con los ojos cerrados. Me daba pereza abrirlos.

–Nada –respondí lacónico.

Noté algo frío en el brazo y di un respingo. Luego otro. Eran sus dedos. ¿Pretendía ser aquello una suerte de gesto amable? La miré y los retiró.

–Pues yo creo que ya sabes muchas cosas.

–Ah, ¿sí? Pues yo creo que tú sabes más que yo. Y que no me lo quieres contar.

Volví a cerrar los ojos. No pensaba darle el gusto de suplicarle información.

–¿Sabes dónde nació Eduardo Aimamí? –me preguntó pasados unos segundos que se me hicieron eternos.

–No. Casi me he convencido de que este tipo no ha nacido todavía.

–Ya. No has encontrado nada de Eduardo Aimamí. O sea, de su infancia, ¿cierto?

–Exacto.

Ella calló. Como yo no decía nada, prosiguió:

–¿Por qué le interesará tanto que no se sepa nada de su pasado?

Me la quedé mirando. Empezaba a intuir una nueva pista en aquella especie de carrera de obstáculos.

Ella añadió una pregunta con cierta resignación, dando por hecho que yo era más corto de lo que se pensaba.

–¿Qué esconde?

Abrí mucho los ojos. Me sentía rematadamente idiota.

–No sé.

Dije estas palabras rindiéndome, exasperado.

Me miraba en silencio. Desprovista de emoción. Tenía unos ojos negros hermosos, pero fríos. Terriblemente fríos.

Debí de haberla mirado con más intensidad de la que creía, porque acabó apartando la mirada y se dirigió hacia la puerta.

La seguí hacia el interior de mi casa como si ella fuera la dueña, y yo, el invitado.

La chica de negro tenía una confianza en sí misma bastante irritante.

–¿Y ya está? –le pregunté con frustración.

Se volvió hacia mí mientras agarraba el pomo de la puerta con la mano. Pensé que vería una sonrisa en su rostro, pero no. Ella nunca sonreía.

–Ya nos veremos.

En mi boca se agolparon preguntas como: ¿cuándo?, ¿cómo?, ¿dónde? Querían salir, aunque se quedaron allí, en fila, como niños en el patio de la escuela.

De pronto, ya no estaba.

No podía quejarme. Disponía de todo el tiempo del mundo para dedicar al periodismo de investigación. Y tenía un caso en las manos que se estaba poniendo interesante.

También conservaba el colchón de pasta que me permitiría subsistir una temporada.

No era el momento de ponerme a darle vueltas a obviedades. Tenía que meterme de lleno en mi trabajo. Exprimir las neuronas hasta sacarles todo el jugo.

El premio ya llegaría. Si todo iba bien, si las cosas salían como yo esperaba, si ella tenía razón y detrás de la figura empalagosa de Eduardo Aimamí se escondía una historia oscura, no tendría que preocuparme más por el dinero.

De modo que, sin nostalgia del trabajo perdido y con la mirada puesta en un futuro rebosante de éxito profesional, me sacudí las dudas y las reflexiones que me habían mortificado antes de volver a ver a aquella chica y me puse a trabajar con todas mis fuerzas en el caso.

Estaba dispuesto a dejarme la piel.

15. Un primo pintor

Mi plan de seducir a Esther había sido el primer intento de acercarme a Aimamí. Sin embargo, aparte de ponerme al día sobre la industria cinematográfica polaca, no había servido de gran cosa.

Ahora tocaba dar otro paso, esta vez más contundente. Debía hacerme un hueco en la esfera privada del político, en su familia, en sus aficiones o en los lugares que frecuentaba cuando no había cámaras delante.

Primero debía averiguar la dirección de su domicilio particular. Y para eso necesitaba contactos. Y si de algo iba sobrado después de trabajar en televisión, era de contactos.

Me bastaron dos llamadas para que la dirección postal de Eduardo Aimamí pasara a formar parte de mi voluminosa agenda.

La calle donde vivía con su familia, su mujer y sus dos hijos, chico y chica, se hallaba en la parte alta de la ciudad.

Cómo no. Aunque no podía decirse que fuéramos vecinos, lo cierto es que yo no vivía muy lejos de allí. Conocía bien la zona. Un barrio de chalés y casas adosadas de lujo, ajardinadas, con piscinas y cámaras de seguridad que lo observaban todo.

Una calle habitualmente muy vigilada que, ahora, por obra y gracia de aquel vecino ilustre, se había convertido en una especie de zona de máxima seguridad en la que no faltaban vigilantes vestidos de negro de la cabeza a los pies, con miradas de halcón disimuladas tras sus gafas de cristales oscuros y cuyos sueldos pagábamos entre todos.

Aparcar el coche y esperar dentro para espiar al candidato y hacer fotografías de todos los movimientos que observara alrededor de la casa era temerario, además de imposible.

Temerario porque, sin duda, en breve se me habría echado encima alguno de aquellos gorilas de negro haciéndome toda clase de preguntas incómodas y difíciles de responder.

E imposible porque, como creo haber dicho, no sé muy bien cuándo, no tengo coche. Así que era bastante improbable que pudiera aparcarlo en alguna parte.

En cambio, tengo mucha imaginación y un primo pintor. Es decir, pintor de brocha gorda. De hecho, es el listo de la familia. El que ha hecho carrera, como dice mi madre, a quien siempre le ha parecido un trabajo más estable pintar paredes que salir en la tele diciendo gilipolleces y propagando chismorreos.

Mi primo va de casa en casa repartiendo colores a raudales con una furgoneta blanca, en cuyos laterales pone

PINTORES ROMERO, más que nada porque él se llama así: Jaime Romero.

Convencer a mi primo de que me alquilara la furgoneta dos o tres días me costó un riñón.

–¡Sí, hombre! –me soltó al otro lado del móvil cuando se lo propuse–. Si estoy de curro hasta las cejas. Ni que me pagaras el doble de lo que me saco en una semana...

Aquella era la llave que abría todas las puertas. El dinero. No le pagué el doble, sino el triple de lo que habría ganado aquella semana pintando. Y solo me dejaría la furgoneta tres días.

Mi cuenta corriente sufrió una fuerte sacudida. Tenía que darle toda la razón a mi madre en cuanto a lo del primo Jaime: el tío se había buscado un oficio bueno de verdad.

Parte del trato verbal entre mi primo y yo era que me acompañaría hasta la calle donde vivía Aimamí a primera hora de la mañana y volvería a recogerme por la noche.

Haríamos lo mismo durante tres días.

No solo era una cuestión de necesidad porque yo no tenía carné de conducir. Es que mi primo vestido de pintor era tan auténtico que daba el pego y a nadie se le habría pasado por la cabeza que en realidad aquello era otra cosa.

Ni siquiera a los vigilantes de negro.

Así que, tal como habíamos quedado el día en que fui a darle el dinero por adelantado, como Dios manda, a las ocho en punto de la mañana del lunes la furgoneta aparcó unos metros más allá de la verja del chalé del político.

Mi primo se apeó con las herramientas propias de su oficio y, tras él, bajé yo convertido también en pintor de brocha gorda.

Nadie se tomó la molestia de mirarnos siquiera.

Diez minutos después, un servidor regresó a la furgoneta como quien se ha olvidado algo. Abrí las puertas de atrás; metí la cabeza y luego el resto del cuerpo. Cogí la pequeña cámara de última generación y allí me quedé hasta las ocho de la noche, mirando por la ventana y disparando la máquina cuando había movimientos.

Así durante tres días.

16. Fotógrafos

–¡Cómo es posible! –exclamé mientras revisaba en la pantalla de la cámara el centenar de fotografías que había hecho aquellos días–. ¡Ni una! ¡No me sirve ni una!

Tiré la cámara, que rebotó sobre el sofá. Si la pobre hubiera tenido patas, seguro que habría huido de mis malas pulgas. No había ni una sola imagen que tuviera el menor interés y más de la mitad estaban borrosas. Las que se veían bien, mostraban el mismo coche entrando y saliendo por la verja de la finca. Supuestamente, tras los cristales ahumados viajaba Aimamí, claro. Aunque esto era solo una suposición. Y luego estaba aquella cohorte de personajes diversos y desconocidos; los secundarios de una película de serie B, mala de solemnidad.

Fui a la cocina en busca del bote de pistachos.

Se habían acabado.

Con aquella movida que tenía entre manos, hacía días que no salía a comprar víveres. En la furgoneta me había estado alimentando a base de bocatas, latas de conservas y refrescos de cola. Mi vida parecía estar patas arriba, así como mi hábito de comer lo más sano posible.

Volví al comedor. Para pensar. Tenía que hacer algo antes de que todo se fuera a pique o me muriera de una llaga hemorrágica en el estómago.

Me acordé de los consejos del terapeuta al que visité después de mi debacle periodística: «Cuando parezca que todo se hunde a tu alrededor, piensa en los buenos tiempos».

Los buenos tiempos... Aquellos en los que yo era un periodista reconocido, admirado. Aquellos en los que me codeaba con la flor y nata de la profesión. Cuando podía y tenía manera de inquirir a los fotógrafos para... ¡¿los fotógrafos?!

Me levanté del sofá como si me hubiera impulsado un muelle. Cogí el móvil, que descansaba sobre la mesa, y me lancé sobre la lista de contactos incapaz de contener mi agitación.

–F... F... F... Font, Manuel... 623... ¿Cómo no se me había ocurrido antes? Responde, tío, responde... ¡Ostras! ¿Manu? ¿Qué pasa, tío? ¿Cómo estás? Soy Joel... ¿Cómo que qué Joel? Joel Traver, el periodista...

Decidí que no me dejaría llevar por la rabia y la frustración que la falta de memoria de Manuel Font habían despertado en mi pobre corazón de periodista caído en el olvido. Lo necesitaba. Necesitaba la cámara sagaz que todo lo veía, que todo lo captaba. Todavía recordaba la sensación que me producía trabajar con él. Ver sus fotos, que ponían imágenes a las palabras, que las pintaba y las completaba.

Era el mejor. ¡Necesitaba su ayuda!

Tuve suerte.

Y menos mal que la tuve, porque me daba la impresión de que en los últimos tiempos la suerte me esquivaba. Manuel Font estaba mal de pasta, así que al oír mi propuesta de trabajo, o eso que yo le ofrecía, accedió con una única objeción:

–¿Y quieres que haga todas las fotos delante de su casa? Mala cosa. Está muy vigilada.

–Lo sé, lo sé... Pero lo tengo todo previsto.

Le solté el rollo del primo pintor mientras calculaba mentalmente lo que me costaría alquilar un día más la furgo. Tendría que vender el piso e irme a vivir de alquiler.

Ni yo mismo entendía por qué hacía todo eso. Lo cierto es que no podía dejar de hacerlo. Ya no.

–Vale. En ese caso, no creo que haya ningún problema.

Tuve que reprimir un grito de alegría. Si Font me oía gritar, era capaz de inflarme el precio.

Aquello iba a salirme por un ojo de la cara.

17. El hombre del deportivo

Comprobado: con un teleobjetivo potente y el superequipo de Font, las fotografías revelaban muchas más cosas.

Su colaboración me costó un dineral. Sin embargo, aquella tarde, en el sofá, mientras me mostraba su trabajo, una amplia sonrisa me iluminó el rostro demacrado por la falta de sueño y la mala alimentación de los últimos días.

Claro que hay que tener en cuenta que el factor suerte tenía mucho que ver con aquel resultado espléndido. Y es que durante aquel único día en que Manuel Font estuvo tomando fotografías delante de la casa de Aimamí había habido el doble de movimiento que en los tres días interminables en que un servidor había intentado poner en práctica sus dotes de fotógrafo y espía.

Aquel único día, de la casa fortificada del candidato a alcalde habían salido toda clase de coches: el de su mujer, que saludó a los guardas desde la ventana con una sonrisa de estrella de cine, y el de la hija. También el hijo, con una moto de gran cilindrada. Y, lo más increíble de todo, ¡incluso el mismísimo Aimamí salió por su propio pie! Sí, sí... A pie, como suena. Además, se paró a hablar con los vigilantes: qué familia tan amable y sociable, los Aimamí. De verdad, ¡qué majos!

Y aquí no se acaba la cosa, porque, cuando apenas hacía unos instantes que el aspirante a la alcaldía charlaba con los gorilas de negro, pasó a recogerlo un hombre que conducía un deportivo. Hacia las cinco de la tarde, el mismo coche lo dejó en casa. Cuando el deportivo aparcó delante de la verja de los Aimamí, el conductor bajó la ventanilla para hablar con uno de los vigilantes. Y la foto que Font le había hecho captaba de soslayo aquel rostro.

–¿Qué te parece? –me preguntó con orgullo.

–Que has tenido mucha suerte, eso me parece. Yo, en tres días...

Me callé en seco. Cuanto más miraba aquellas fotos, sobre todo la del conductor del deportivo, más crecía en mi interior... ¿una sensación?, ¿un recuerdo?, ¿un presentimiento? No sabía exactamente qué. Digamos que una inquietud. Una especie de insecto molesto que zumbaba como si intentase hacer un agujero en mi cerebro.

–Esta cara... ¿Tú sabes quién es el tipo del deportivo? ¿Te suena?

–Ni idea –dijo Font–. Aquí el que investiga eres tú. Yo solo hago las fotos.

–Hombre, pero...

–No tendrás una birrita, ¿no?

Levanté la vista del hombre del coche deportivo para mirar al fotógrafo que tenía al lado. Creo que hasta me sonrojé. ¡Qué desconsiderado soy! No le había ofrecido nada de nada. Por suerte, aquella misma mañana había llenado la nevera.

–Perdona, tío. Cógela tú mismo. Ve a la cocina y sírvete –le dije, señalando con los ojos la puerta de la cocina–. Y perdona que no te acompañe, es que estas fotos...

–Tranqui, tranqui...

Manuel Font desapareció y yo me rasqué la cabeza, como si así las ideas que no terminaban de aclararse en mi cerebro fueran a despejarse. Y entonces sonó el timbre de la puerta.

–¡Ostras! Así no hay manera de concentrarse.

Me levanté del sofá resoplando y fui a abrir. Al otro lado de la puerta no había nadie.

–Eh... ¿Quién es?

Nadie.

Empezaba a tener la mosca detrás de la oreja cuando oí su voz, que me sobresaltó.

–¿Qué haces ahí?

Estaba sentada en el suelo, oculta detrás del gran tiesto que tenía con restos de ciclámenes muertos desde el invierno pasado.

–Te asusto si entro en tu casa, te asusto si te espero en el jardín. He pensado que si te esperaba aquí fuera no te asustaría. Es lo más normal, ¿no?

No supe qué decirle. Porque aquella chica no era en absoluto normal.

Se levantó y me hizo frente.

–¿Por qué has metido a otra persona en la investigación?

–¿A otra persona?

Miré instintivamente al interior de la casa y me acordé de Manuel, que seguía trasteando en la cocina.

–¡Ah, el fotógrafo! Él me ayuda.

–No tiene que haber tanta gente metida en esto.

–¿Cómo dices? –pregunté incrédulo–. Oye, me está ayudando. Me dijiste que investigara, ¿no? Pues eso hago. En cuerpo y alma. No vengas ahora a decirme cómo tengo que hacer las cosas. Ven, pasa. Quiero enseñarte unas fotografías. Sale un tipo que... igual a ti te suena.

–¿Joel? ¡Solo tienes zumos de manzana! –graznó Manuel desde la cocina.

Me volví para responderle.

–Ah... Pues tráeme uno, si no te importa.

Pasaron ¿cinco segundos?, ¿cuatro? La cosa es que al volverme de nuevo hacia ella...

–¡Eh! ¿Dónde te has metido ahora?

Salí al jardín, crucé la pequeña entrada, abrí la verja (porque estaba seguro de que estaba cerrada) y me puse a gritar en medio de la calle:

–¡Eh! ¡Oye, tú! ¡Chica!

Por suerte, vivo en un barrio tranquilo y bastante solitario, en una de esas calles con hileras de casas idénticas.

–¿Buscas a alguien? –me preguntó Manuel con dos zumos de manzana en la mano y una asombrada mirada en los ojos.

–¿Te puedes creer que estaba hablando con ella y ha desaparecido? ¡Así, de repente! Como por arte de magia. Nunca he conocido a nadie tan rápido como...

–¿Como quién?

–Como ella. Como esta chica. La que ha llamado a la puerta.

–¿Han llamado?

La verdad es que Manu quizá fuera buen fotógrafo, pero también un poco lerdo.

–Oye, mira, es que tengo un poco de prisa –me dijo cambiando de tema–. ¿Qué te parece si entramos, acabamos de mirar las fotos y me pagas?

–Sí, sí, claro –respondí.

Antes de entrar en casa volví a mirar detrás del enorme tiesto. Y os puedo asegurar que ella no estaba.

18. Ella

María la arrinconó contra la pared mugrienta de los baños de la oficina.

–No te vuelvas a acercar a Nacho.

–¿Perdona? –se defendió ella, intentando quitarse de encima las manos de la chica–. ¿Y a ti qué te pasa?

María la soltó con rabia, mientras la otra la fulminaba con la mirada.

–¡Que os vi! Vi cómo el domingo él salía del bar detrás de ti. Y cómo os ibais juntitos. ¿Qué te crees, que me la vas a pegar así como así? Habíais quedado, ¿verdad? Me la querías pegar...

María se sentó en el suelo. Se sacó el tabaco del bolsillo y se encendió un cigarrillo.

Ella se quedó de pie mirando a su amiga. O a quien creía que era su amiga. La observó minuciosamente. Tenía el aspecto cansado y descuidado de quien ha pasado mala noche. O más de una mala noche. El pelo rubio, que siempre lucía con esmero, estaba ahora recogido en una coleta despeinada. Los ojos, luminosos como siempre, habían adquirido una expresión salvaje. Los peculiares silencios se habían convertido en un genio vivo, casi inflamable. Todo esto y, además, el sentimiento de derrota que la envolvía, le hacían parecer diez años mayor.

–No tengo ningún interés en Nacho. Fue él quien...

–Eres una cualquiera. Como todas.

Ella pareció no inmutarse. Pero el corazón le dio un vuelco.

–Eso es lo que él se cree que somos. Así es como nos considera. Así nos trata. No deberías permitírselo.

–¿Permitir? ¿Qué es lo que no tendría que permitir? –le preguntó María con rabia concentrada.

–Que juegue contigo. Que te trate como...

Entonces entró Asunta y callaron.

María apagó el cigarrillo contra la suela de la deportiva y tiró la colilla a la papelera. Al salir le dio un empujón y ella tuvo que apoyarse sobre un lavabo para no perder el equilibrio.

–¿Y a esta qué le pasa?

–Yo qué sé.

Asunta no parecía demasiado interesada en el tema. Se sacó la petaca del bolsillo y dio un buen trago. No la invitó.

Se puso a hablar mientras se arreglaba el pelo, que aquella semana llevaba con mechas rojas, delante del espejo.

–Cuidado con María.

–¿Por qué lo dices?

–Porque tiene mala baba. Mira quién te lo dice. Hace más tiempo que tú que la aguanto y la he visto hacer cosas...

–¿Qué cosas? ¡Pensaba que erais amigas!

Bajó el tono.

–Que éramos amigas... Tú y yo...

–Si aún lo somos, mujer.

Asunta se la quedó mirando a través del espejo.

–María y yo somos muy amigas. Aunque prefiero tenerla delante que atrás. Me entiendes, ¿no?

Se dio la vuelta, se le acercó y le acarició una mejilla. Luego se dirigió hacia la puerta mientras insistía con parsimonia.

–Tú ten cuidado. Hazle caso a Asunta, nena.

Se quedó un poco más en el baño a solas. Después de haber aguantado todo aquel rato, se echó a llorar. Se miró al espejo y vio cómo le temblaba el labio inferior. Tenía la respiración agitada.

Pero ¿qué se creía María? ¿Que pretendía quitarle el novio? ¡Si ella no quería saber nada de aquel perdonavidas machista! No buscaba trato con chicos como él. Si María le hubiera dado tiempo y ocasión para hacerlo, le habría gustado contarle lo que había intentado hacerle en el portal de su casa. María no conocía los golpes bajos de su Nacho.

Se estaba dando cuenta de que había perdido a una amiga. De hecho, quizá María nunca había sido amiga suya.

¿Y Asunta? ¿Qué había querido decir con aquello de que tuviera cuidado?

En el fondo de sus ojos oscuros vio brillar una pequeña llama de rabia.

No volvería a salir más con esa gente.

Estaba decidido.

19. Un hilo

Cuando algo no deja de dar vueltas en mi cerebro puedo llegar a ser muy tozudo. Insistente. Obsesivo.

Pasé aquella noche en blanco. Yo había visto antes la cara del hombre del deportivo. Estaba segurísimo. Habría puesto la mano en el fuego y no me habría quemado. La cuestión era: ¿dónde?

Le pedí a Manu Font que ampliara el rostro de la imagen. Me la hizo llegar por *email*. No era demasiado precisa. Aun así, se adivinaba que era un hombre de unos cuarenta bien llevados y que lucía un bronceado de cabina un pelín hortera. Gafas de sol y un reloj de oro de los buenos en la muñeca de la mano que sacaba por la ventanilla, en la que sostenía un cigarrillo.

Todas las alertas de mi cerebro estaban en rojo; me decían a gritos que aquel rostro era una prueba, la primera que encontraba que podría hacer tambalear la aparente integridad del aspirante a alcalde.

¿Quién era el hombre de la foto?

Mi cerebro empezaba a hervir.

La noche era como un gran agujero negro en el que la pista se perdía si no indagaba bien.

Empecé a rebuscar por todos los archivos del ordenador. Trabajos incipientes, investigaciones iniciadas y jamás terminadas. Documentación diversa de varios trabajos. Fotografías.

Fotografías.

Fotografías...

Un nuevo día estaba a punto de nacer. Y yo seguía sentado delante de la pantalla del ordenador sin ver nada, con los ojos a punto de salirse de las órbitas, cuando, de pronto...

–*Voilà !*

Mi alarido se estrelló contra las paredes de la sala y regresó a mi oído convertido en un canto de victoria. ¡Lo había encontrado! Llamadme arrogante, pero no me olvido nunca de una cara.

La imagen estaba archivada junto a otras de un caso que me había interesado en el pasado y que acabé por rechazar, porque, por decirlo sin rodeos, alguien se me adelantó.

Todo sucedió hacía unos cuatro años. El director general de la Red Económica Catalana en esa época, Gustavo Comarons, había sido hallado muerto en su yate mientras navegaba en mar abierto. Estaba solo y presentaba signos de violencia. En concreto, un agujero en la cabeza. Según algunos testimonios, había salido a navegar con su hombre de confianza, Raúl Llorenç. Pero este declaró que había abandonado la embarcación unos días antes, después de atracar en Mahón y que en aquel momento el empresario (que, según él, era un padre más que un jefe) estaba en plena forma.

No se pudo demostrar nada en contra de Raúl Llorenç y quedó eximido de toda culpa. A mí me parecía un caso muy interesante para investigar. Pero Luis Sepúlveda, un periodista con mucha experiencia, se me adelantó. Cuando me enteré de que estaba trabajando en aquel caso, renuncié a él.

Ahora Raúl Llorenç reaparecía junto a quien había sustituido al difunto Comarons, junto al más que posible futuro alcalde de la ciudad.

¿Sospechoso?

Aún no lo sabía.

Cuando menos, era un hilo del que podía tirar. El único que tenía.

Y de ahí tiré.

Había oído decir que el tal Llorenç, después de la investigación policial a la que fue sometido tras la muerte de su jefe, y después de todo el follón que le cayó encima, había desaparecido de la escena pública y del mundo de los negocios. Ahora bien, antes que nada, debía comprobar que fuera cierto.

Así era. Desde hacía cuatro años, desde la muerte jamás esclarecida de Comarons, Llorenç ya no figuraba en la nómina de la empresa.

Recapitulé: ¿qué tenía? Casi nada. Una fotografía que demostraba que la mano derecha de Comarons, y sospechoso durante un tiempo de su homicidio, y Aimamí se conocían. Y era lógico, ya que Aimamí había estado a cargo de la Red Económica Catalana antes de meterse en política.

Tal vez fueran amigos y habían salido a comer juntos para hablar de viejos tiempos. O de viejos homicidios, como habría dicho ella.

Necesitaba más información. Necesitaba agarrarme a aquel hilo flojo y débil. No tenía otro.

Y quien más sabía del caso Comarons era, sin duda, Luis Sepúlveda.

20. El maestro

Conocí a Sepúlveda en la facultad. No era un simple estudiante como yo, sino un renombrado periodista de investigación que de vez en cuando, y de forma generosa, venía a darnos alguna que otra charla para intentar transmitirnos el oficio.

Más adelante, en la época en que mi nombre empezó a sonar, coincidimos un par de veces o tres en algún acto social. Yo seguía admirándolo como en la época de la universidad. Podía pasar horas escuchando hablar a Sepúlveda. Él sí que era un experto. Era un pozo de ciencia y curraba más que todos los periodistas del país juntos.

Por él precisamente me enteré de que estaba investigando la muerte de Comarons. Si bien yo me había sentido atraído por el tema y había empezado a recoger algo de información, al saber que él participaba en la investigación del caso no dudé ni un instante en retirarme.

Busqué vestigios de aquel trabajo. ¿Se había llegado a

publicar? No recordaba haber oído nada más al respecto. Aunque mi trayectoria me hubiera apartado del buen periodismo, seguía siendo un lector voraz de reportajes que consumía con una especie de envidia y orgullo. Cuando menos, hacerlo me recordaba cuál era mi verdadero oficio.

Del reportaje de Sepúlveda sobre el caso Comarons no había ni rastro. Me aseguré de comprobarlo.

Vete a saber por qué el maestro nunca lo publicó. Puede que no llegara a terminarlo. Estas cosas pasan. A menudo, los periodistas nos topamos de lleno sobre la pista de un caso que nos parece muy bueno y, de pronto, se nos muere en las manos. Las vías de investigación se interrumpen y todo queda en agua de borrajas.

Sin embargo, si de algo estaba seguro era de que Sepúlveda conservaría en su casa información abundante sobre lo que había investigado. Si conseguía hablar con él sobre aquel caso, sobre el caso de Raúl Llorenç, estaba seguro de que me abriría nuevas puertas.

Exultante de optimismo, conseguí la dirección de Sepúlveda y me dirigí hacia su casa una calurosa tarde de finales de mayo. Por las calles, los rostros de los candidatos a la alcaldía de Barcelona, colgados de las farolas y los árboles, me sonreían desde sus carteles, mostrándome los dientes, ansiosos por hincar el gran pastel del poder municipal.

La campaña había empezado la noche anterior. Moví la cabeza a ambos lados para ahuyentar la idea que acababa de apoderarse de mi mente: ¿de verdad era posible que un asesino llegara a convertirse en el próximo alcalde de Barcelona?

Aquella sola idea inundó mi cuerpo con un molesto sudor frío. Y así, sudando y algo mareado, llamé al timbre de la casa de Sepúlveda, en el corazón del Ensanche izquierdo.

Me abrió la puerta una señora que pasaba de la cincuentena.

–¿Qué desea?

–He venido a ver a Luis Sepúlveda.

Tan pronto hube pronunciado el nombre del periodista, me vi envuelto en un silencio frío. Gélido. Los labios de la señora se curvaron en un rictus que endureció los rasgos de su rostro, que aún eran agradables.

Me pareció que había transcurrido una eternidad cuando, por fin, me preguntó:

–¿Quién es usted?

–Perdone. No me he presentado. Soy periodista, como él. Hace mucho tiempo que lo conozco. Hemos coincidido en diversas ocasiones y...

No me dejó terminar.

–Si lo conoce tan bien, ¿cómo no sabe que está muerto?

21. Un accidente

Al poco rato, la viuda de Sepúlveda (que se llamaba Marisa) y yo nos instalamos en sendas butacas de esas que parecen engullirte en cuanto te sientas. Sobre la mesilla que las separaba humeaban dos tazas de té. Yo aún no me había recuperado de la impresión.

–Perdone –me dijo Marisa–. Como ya hace casi tres años y medio que murió, me ha parecido extraño que no supiera nada.

–No, no... Soy yo quien debería disculparse. Hace tiempo que... Bueno, es que he estado fuera.

La mujer se puso en el té dos cucharadas cargadas de azúcar y me miró fijamente.

–La verdad es que su cara me suena. ¿Había estado alguna vez aquí, en casa?

La tele y el maldito programa para cotillas.

–No, no... Será que tengo una cara muy corriente.

Marisa me sonrió con afabilidad y yo empecé a dar sorbitos de mi taza. El té siempre me ha reconfortado. Y en ese momento también.

–Es que me he quedado de piedra...

–Ya lo he visto, ya.

–¿Puedo preguntarle cómo murió su esposo?

Marisa dejó la taza sobre la mesilla. Se pasó las manos con parsimonia por el rostro, que volvía a parecer sereno.

–Tuvo un accidente de moto. Si lo conocía, ya sabrá que Luis iba a todas partes en moto. Nunca le pasó nada. Nunca tuvo un susto.

–Estas cosas no avisan. Suceden sin más.

Se quedó mirándome con los ojos empañados.

–Me dijeron que había bebido.

Silencio.

–Mi marido era abstemio.

Noté cómo los nervios se tensaban bajo mi piel. Todo mi cuerpo se puso en estado de alerta y me dispuse a escuchar con atención, casi sin respirar, el relato de la muerte de Sepúlveda contado por su viuda.

–Puede usted pensar lo mismo que la policía. Podría decirme, como ellos, que quizá Luis no bebiera en casa, pero que tal vez lo hiciera en ocasiones con otra gente. Y que precisamente por eso, porque no estaba acostumbrado, la bebida lo desconcertó tanto que no vio el camión de la basura que se le echó encima.

–Y no fue así, ¿verdad? Usted está segura de que no fue así.

La mujer negó con la cabeza. Por fin, la lágrima que intentaba retener le bajó rodando por el rostro, de piel muy blanca y lisa todavía.

–No. Luis no bebía. La bebida le sentaba mal. Un trago de cava podía dejarlo fuera de combate. Y, por supuesto, jamás habría subido a la moto en ese estado.

Sacó un pañuelo del bolsillo del vestido de estar por casa que llevaba puesto.

–Yo soy su mujer. Compartimos treinta años de nuestra vida. Conozco mejor a Luis que aquella panda de policías que me miraban como si se burlaran de mí, como si los hablara de un desconocido.

–La entiendo.

–Le diré algo más. Su muerte fue el punto final de una situación que se había iniciado unos meses antes.

Intenté incorporarme desde las profundidades de aquella butaca carnívora, sin conseguirlo.

–¿Sabe? Todo empezó cuando se puso a trabajar en el caso de aquel hombre... ¿Cómo se llamaba? Un empresario que murió asesinado en su yate.

Ahora sí, conseguí incorporarme. Me senté en el borde para no volver a ser devorado.

–El caso Comarons.

–¡Ese!

–¿Y qué pasó?

–Luis siempre había sido un hombre muy tranquilo. Muy sereno. Yo creo que por eso podía investigar ciertas cosas que a otros periodistas los atemorizaban. No se dejaba arrastrar por las miserias con que se topaba en el camino. Sin embargo, esta vez..., no sé cómo explicarlo..., cambió.

–¿En qué? ¿Usted qué notó?

Marisa cerró con fuerza los ojos, alrededor de los cuales se dibujó un entramado de arrugas. Fue como si, al recordar los últimos tiempos de su esposo, se le echaran encima un montón de años.

–Llegaba tarde a casa. Muy tarde. Siempre estaba nervioso. Y...

Se incorporó un poco. Me había parecido que no había nadie más en el piso. Aun así, bajó la voz cuando me dijo:

–Empezó a recibir amenazas anónimas.

–¿Qué me dice?

–Eso mismo.

Nos acercamos un poco más el uno al otro. Nuestras cabezas casi se tocaron. Detrás de la ventana, en la calle, todo seguía igual. Sin embargo, en aquel salón, el hilo del que había decidido tirar empezaba a formar una madeja.

–Él no me quiso decir nada. No quería preocuparme. Eran tan considerado... Pero yo las descubrí.

–¿Cuántas notas llegó a recibir?

–Que yo sepa, cuatro.

–¿Y qué decían?

–Más o menos, lo mismo: que, si no dejaba de meter las narices donde no debía, se arrepentiría.

Resoplé para aflojar la tensión.

–¿Conserva esas notas anónimas?

–No. Las tiene la policía. Si es que aún las guardan. No las consideraron prueba de nada.

Me puse de pie. Di unos pasos nerviosos por el salón y, por último, me atreví a soltarle lo que hacía rato me rondaba por la cabeza.

–Señora Sepúlveda..., Marisa, los papeles de su marido sobre el caso de Comarons, ¿los conserva todavía?

–Sí, claro.

–¿Le importaría que me los llevara? Creo que me ayudarían a... Bueno, creo que esconden algo que no ha salido a la luz.

Marisa se levantó y desapareció por la puerta del salón. Regresó con un fichero voluminoso que sostenía con fuerza entre las manos, pues sabía que entregándomelo se desprendería un poco más del recuerdo de su esposo. Quizá por eso quiso darme a entender el sacrificio que hacía al ofrecerme aquellos papeles, el último trabajo de su marido. El que le había costado la vida.

–¿Sabe? Luis y yo no tuvimos hijos. No los eché en falta durante años. Puede que no haya tenido mucha vocación de madre. Sin embargo, ahora pienso que, al menos, tendría con quien compartir su ausencia.

Suspiramos los dos a la vez.

–Solo me queda el consuelo de visitarlo en el cementerio. Ojalá pudiera darle algún día el nombre de sus asesinos.

Dicho esto, me entregó el archivador.

22. Un taxista

El fichero contenía documentación y fotografías, pero ni rastro de trabajo o esbozos.

Con todo, el contenido me ahorraba días y días de investigación y me hacía pensar que iba por buen camino.

Separé las fotografías en las que se veía a los personajes que más me interesaban: Comarons, Llorenç y Aimamí. En algunas aparecían los tres juntos, y en otras, separados. Las que más abundaban eran aquellas que mostraban a Comarons y a Raúl Llorenç en diversos actos, o bien en los despachos de la empresa, siempre en armonía, como un padre y un hijo.

Entre los papeles había una lista de direcciones y teléfonos de aquellos tres personajes, entre otros. Di un grito de alegría. Tenía el acceso a Llorenç despejado. Algo muy dentro de mí, llamémoslo experiencia, me decía que el próximo paso era entrevistar a aquel hombre, quien venía a ser una especie de puente entre el difunto Comarons y el espléndido Aimamí.

Hacía horas que no dejaba de escribir en el ordenador, volcando en un nuevo fichero toda aquella información valiosa. Levanté un momento la cabeza para mirar el reloj. Las tres menos cuarto de la madrugada y no había cenado. En el estómago solo tenía el té de Marisa. Me moría de hambre, aunque estaba feliz. Tenía la seguridad de que Joel Traver (o sea, yo) empezaba a renacer de entre sus propias cenizas cual esplendorosa ave fénix.

Recogí los folios y las fotografías que había esparcido sobre la mesa. Cuando iba a guardarlas en el archivador, me fijé en un pequeño papel que asomaba en el montón.

Tiré de él.

Era una hoja en blanco arrancada de una libreta.

«Aimamí, Eduardo: Rocasegada (1961), Londres (1986)».

¿Qué significaba eso?

Rocasegada me sonaba. Era un pueblo de mala muerte que estaba en... ¿Dónde estaba? Lejos. Eso, seguro.

¿Y las fechas?

Tenía demasiada hambre para pensar con claridad.

Dejé aquel papel con los demás y fui a la cocina. Necesitaba un buen tazón de cereales integrales con leche de soja.

Y descansar.

Ya decidiría al día siguiente hacia dónde tirar.

Tiré hacia donde me pareció más lógico y urgente: la vía de Raúl Llorenç. Y pagué un alto precio por ello, aunque en ese momento aún no lo sabía.

Me presenté en la dirección que había encontrado entre los papeles de Sepúlveda. Lo primero era confirmar que aquel individuo seguía viviendo allí. Solo me hizo falta un poco de paciencia para asegurarme de que sí, de que aquella todavía era su casa.

Llamarlo al móvil para pedirle una entrevista no era una buena opción. Habría sido un error de principiante. Así que invertí un par de días en espiar sus movimientos.

Por suerte, Raúl Llorenç era un hombre de costumbres fijas. Yo no sabía a qué se dedicaba, pero, fuera lo que fuese, seguía unas rutinas iterativas. Quiero decir que, si no hubiera conocido sus antecedentes (bastante sospechosos, por cierto), habría jurado que trabajaba en un banco.

Todas las mañanas salía de casa hacia las nueve y media para ir a desayunar a una cafetería cercana. Se sentaba invariablemente en la misma mesa y pedía un café con leche y dos cruasanes. Leía siempre el mismo periódico y se pasaba allí media hora de reloj.

Debo decir, y lo hago avergonzado, que los dos gorilas que lo seguían a todas partes y que desayunaban en la barra vigilando los pasos de Llorenç me pasaron desapercibidos. Digamos que fue un error de principiante. La cuestión es que yo solo tenía ojos para Llorenç, lo cual, como he dicho antes, me costó caro.

Después de desayunar, entraba en el aparcamiento del edificio donde vivía, salía conduciendo un deportivo y se perdía en la ciudad.

No tener carné de conducir es un problema para seguir a un coche entre el tráfico urbano. Uno tiene que recurrir a eso tan peliculero de parar un taxi y decir: «Por favor, siga a ese coche».

Durante los tres días que me pasé persiguiendo a Raúl Llorenç por Barcelona me llegaron a decir de todo: «Oye, tío, ¿hay una cámara oculta?», «No me vaciles, hombre, que uno ya tiene el culo pelado», o «Las persecuciones las cobro aparte».

En fin, existen taxistas de toda clase, como quedó demostrado. La verdad es que las persecuciones en taxi solo salen bien en las películas. Los dos primeros días, con tanta cháchara, preguntas, bromitas y demás, la cosa fue realmente mal y no pude seguirlo, como quien dice, más allá del primer semáforo.

Sin embargo, el tercer día coincidí con un taxista entusiasta de las novelas policíacas. ¡Mira por dónde! En cuanto oyó mi petición, el hombre torció la boca con un gesto inteligente, aceleró y salió tan disparado tras el deportivo de Llorenç que me quedé pegado al asiento como un insecto mientras notaba un frío y un sabor a bilis que me subían a la boca.

Aquello sí que fue una persecución de película. De película policíaca. De hecho, solo le faltaba poner la sirena sobre el capó para parecer un coche de policía en plena faena. El hombre estaba disfrutando por todos los poros de su piel mientras yo sudaba, angustiado, y le iba dando indicaciones.

¡Pare aquí! ¡Sígalo! ¡No, no tan cerca! ¡Gire a la izquierda! ¡No, no..., a la derecha! ¡Acérquese un poco más!

Así hasta las cinco de la tarde.

Yo había ido tomando nota de las paradas, de la dirección de todos los sitios en los que Llorenç había entrado. Había hecho fotos (con mi cámara digital, ¡qué remedio!) de todo aquello que me parecía digno de ser fotografiado.

A las cinco de la tarde, Raúl Llorenç se detuvo frente a la casa de Aimamí.

–Déjeme aquí –le dije al taxista.

–¿Ya está? –preguntó él, decepcionado y con voz algo apenada.

–Sí. ¿Cuánto le debo?

Me preparé para recibir una estocada económica. Cerré los ojos para que la impresión no fuera tan fuerte.

–Nada. Hacía tiempo que no me lo pasaba tan bien. El trabajo de taxista es muy aburrido. Tendría que pagarle yo a usted por el buen rato que me ha hecho pasar.

Me quedé de piedra. Saqué un billete de cincuenta euros del bolsillo y se lo di.

–Espero que volvamos a encontrarnos en la próxima persecución.

El taxista me extendió una tarjeta.

–Tenga mi teléfono. Si alguna vez tiene que volver a perseguir a alguien, ya sabe que puede contar conmigo.

La guardé, le di las gracias y salí a la calle.

Y, claro está, no vi venir lo que estaba a punto de pasar.

23. La paliza

Eran dos. Eso sí que lo vi. Dos tíos como dos armarios.

Aparecieron de la nada.

Todas las alertas de mi cerebro se dispararon. Pero ya era tarde. Demasiado tarde.

El primer golpe en el estómago me dejó sin respiración. El segundo me dobló las piernas. Me convertí en un muñeco de paja que arrastraron hasta un coche. O una furgoneta. Me lanzaron dentro como un fardo. El vehículo se puso en marcha.

No sé cuánto tiempo pasó. No me enteraba de mucho. Solo sé que el vehículo se detuvo, que alguien me cogió por el brazo y que tuve la sensación de volar.

El ruido de una puerta metálica que se abría.

El de una puerta metálica que se cerraba.

Un puño que se acercaba a mi cara a cámara lenta.

Mi propia voz soltando un grito agudo.

Y yo flotando en un universo de oscuridad y tinieblas.

* * *

Me desperté en una cama de hospital.

–¿Cómo está? –me preguntó una dulce voz femenina.

–Ah, pero ¿estoy?

La enfermera se rio mientras anotaba mis constantes vitales en una libreta y vigilaba el tubito del suero.

–¡Claro que sí! Ha tenido bastante suerte. No hay ningún órgano interno afectado.

–Pues a mí me duele todo.

Intenté llevarme a la cara la mano que tenía libre.

–No se la toque. Tiene la nariz rota.

–¡Magnífico!

–Aunque ha tenido una conmoción cerebral, las constantes vitales están bien.

Me arregló las almohadas con cuidado.

–¿Podría abrir la ventana, por favor? Quiero comprobar que todavía sigo en este mundo.

Lo hizo entre risas. Tras los ventanales apareció una magnífica vista de Barcelona. Era de día.

–¿Cuánto tiempo he estado inconsciente?

–Casi un día. El doctor pasará a visitarlo ahora.

Antes de marcharse, la enfermera pareció recordar algo.

–Por cierto, la policía le está esperando fuera para tomarle declaración. ¿Se ve capaz?

–Que pasen.

En cuestión de segundos, tuve delante a un hombre joven vestido de paisano. Alto, musculado y con cara de modelo de anuncio. Vaya, un tipo con planta al que nadie habría tomado por policía. Un tipo con demasiado encanto. Un encanto inteligente.

–Buenas tardes. Soy el inspector Muñoz.

Intenté sonreír. El gesto me hizo ver las estrellas.

–¿Cómo se encuentra?

Le dirigí una mirada burlona.

–¿A usted qué le parece?

–Podría decirse que ha tenido suerte.

Le dirigí una mirada asesina. Creo. Porque la verdad es que había perdido el control de mi cuerpo y de mis sentidos, y mis ojos miraban como se les antojaba y no como yo les ordenaba.

–Si no llega a ser porque alguien vio que le daban la paliza y ahuyentó a los ladrones, yo creo que no lo cuenta. Nos llamó enseguida. Créame, ha tenido mucha suerte.

Las pocas neuronas que me quedaban empezaron a derrapar en mi cabeza.

¿Qué estaba diciendo aquel hombre? ¿Cómo que ladrones? ¿Que alguien me había salvado?

–¿Quién dio el aviso?

–Ha preferido quedar en el anonimato. Una mujer. Solo dijo que pasaba por delante de su casa, lo vio todo y se puso a gritar.

–¿Delante de mi casa?

–Porque lo asaltaron allí, ¿verdad? Delante de su casa. Bueno, es donde lo encontraron.

No entendía nada de nada. ¿Tan perjudicado había quedado mi cerebro?

–Dígame –prosiguió el inspector sin prestar demasiada atención a mi creciente desconcierto (lo mínimo que se puede esperar de un hombre que acaba de ser apaleado es que esté desconcertado)–: ¿llegó a ver la cara a los ladrones?, ¿usted opuso resistencia?, ¿por qué cree que tuvieron una reacción tan violenta?

–No lo sé.

–¿Ha notado algo extraño durante los últimos días? Que alguien lo siguiera, por ejemplo.

–No.

El último «no» me salió con una mueca de dolor.

–Lo voy a dejar en paz. Todo es muy reciente aún. Es probable que poco a poco vaya recordando más detalles.

–Seguramente.

El inspector se marchó. Me dejó solo con todas las preguntas para las que no tenía respuesta. ¿Por qué me habían encontrado delante de mi casa?, ¡qué gorilas tan majos! Ay, no, un momento: el inspector había dicho que una mujer que pasaba por allí lo había visto todo. ¿Quién era aquella mujer? ¿Por qué no había dado su nombre a la policía? ¿Cómo era posible que los gritos de una mujer espantaran a unos gorilas entrenados para matar?

Preguntas.

Preguntas.

Preguntas.

Y ni una respuesta.

Ni una sola.

La cabeza me iba a mil y a través de la ventana veía, sin poder moverme, cómo el día empezaba a dar paso a las sombras de la noche.

Otra enfermera no tan dulce como la primera entró con unas pastillas. Me las tomé sin protestar y me adormecí.

De pronto, volví a ver aquel enorme puño avanzando contra mi nariz y abrí los ojos de golpe, gritando.

–Tranquilo, tranquilo... Solo es una pesadilla.

Como buenamente pude, volví la cabeza en dirección a la dueña de aquella suave voz. ¿Era la enfermera dulce? No.

¡Era ella!

–¿Qué haces aquí?

–¡Caray! Qué desagradecido. Estás herido y te encuentras mal, así que he venido a hacerte compañía.

Miré hacia la ventana. Noche cerrada.

–Es de noche. No son horas de visita.

–Ya.

–No sé de qué me extraño.

–Ya.

Se hizo el silencio. Ni ella ni yo decíamos nada. La miré. Estaba sentada en la silla, junto a la cama, y parecía más pequeña y frágil que nunca. Sus ojos negros me miraban con una suerte de luz nueva y desconocida. Con cierta... ¿ternura?

–Todavía estamos en junio, ¿verdad?

–Sí, claro.

–Pues tengo frío.

–Has pasado un mal trago.

–Será eso.

Silencio.

Las ideas se escurrían en mi cabeza. Preguntas. Todo yo era un interrogante.

–Oye, tú no sabrás nada de la mujer que me salvó, ¿verdad?

–No.

–Ya. Qué tontería.

–¿Y de los que me dieron la paliza?

Ella suspiró y me miró como quien mira a un niño inconsciente que acaba de cometer un error que podría haber tenido graves consecuencias.

–Han sido los hombres de la guardia pretoriana de Llorenç. Lo seguiste por toda Barcelona. Hasta un ciego se habría dado cuenta. Te reconocieron. A veces parece que no te acuerdas de que salías en la tele. Un periodista metiendo las narices donde nadie lo llama. Son expeditivos. Te habrían quitado las ganas de fisgonear en los asuntos de Raúl Llorenç si esa mujer no llega a pasar...

–¡Venga ya! Sabes perfectamente que esa versión no es la buena. No me dieron la paliza en mi casa. Ni creo que fueran ellos quienes me llevaran allí. Y no hay ninguna mujer. Ningún ángel salvador. ¿Me quieres contar qué está pasando?

Ella suspiró. La chispa de ternura se fue desvaneciendo hasta desaparecer de sus ojos.

–Podías haber tirado de dos hilos. Y tiraste del equivocado.

–¿Qué quieres decir?

–Piénsalo. Yo no puedo hacer más de lo que hago.

Se levantó.

–Ahora no te esfumes como haces siempre. Dime quién eres. Por poco me dejo la piel en este asunto. ¿No crees que al menos merezco saber cómo te llamas?

–Piensa.

Lo dijo otra vez: «Piensa».

Se marchó. Y no pude impedirlo porque estaba baldado. Literalmente baldado.

24. Ella

Era un sábado gélido de enero. La luz lechosa del sol parecía jugar al escondite entre nubes de color gris.

Aquella noche no tenía turno de limpieza en las oficinas. María tampoco. Quizá por eso le había dejado aquel mensaje en el móvil:

«¿Quedamos esta noche? Me gustaría hablar contigo. En las Naves a las 10».

Había leído el mensaje un montón de veces. No acababa de entender aquella extraña cita. ¿María quería quedar con ella? ¿A solas? No lo habían hecho nunca. Siempre salían con el grupo de Asunta. Tal vez le pediría perdón. Porque la escenita que le había montado el otro día bien merecía una disculpa.

Sin embargo, eso de quedar en las Naves...

Aquello que en el barrio se conocía como las Naves era un amplio espacio ocupado por las ruinas fantasmales de lo que había sido años atrás un complejo de fábricas textiles con sus equipamientos. Las fábricas habían quedado en desuso y se habían ido degradando sin que nadie pusiera remedio. De día parecían grandes insectos muertos en medio de un barrio que crecía a un ritmo endemoniado. De noche eran como sombras espectrales. Fantasmagóricas.

Una serie de litigios habían impedido que diferentes Gobiernos municipales limpiaran aquel espacio y construyeran uno nuevo. Cada cuatro años, los aspirantes a la alcaldía se deshacían en toda clase de promesas de convertir aquel descampado baldío (ahora, un nido de delincuencia y conflictos) en infraestructuras para familias: escuelas, parvularios, centros culturales... Cuando los ecos de las campañas se apagaban, las promesas se esfumaban y la miseria y el abandono seguían reinando en aquella suerte de tierra de nadie.

Las Naves no eran un lugar muy recomendable para visitar de noche. A menudo se hacían redadas y detenían a camellos. También eran refugio de vagabundos e indigentes. Y de alguna que otra pareja temeraria que buscaba intimidad.

Tuvo la clara sensación de que no debía acudir a aquella cita.

«¿Por qué en las Naves? ¿No podemos quedar en cualquier otro sitio más normal?».

Ella tenía muy presentes las palabras de Asunta. María le respondió.

«Tía, ¿de qué tienes miedo? ¿Qué te crees, que te quiero secuestrar? Las Naves están cerca del puerto y allí conozco un sitio donde podremos hablar tranquilas. Pero si te da miedo venir... Di tú dónde quieres que quedemos».

Habría hecho cualquier cosa con tal de evitar que María pensara que le tenía miedo. Porque no lo tenía. Ahora lo importante era demostrarle que entre Nacho y ella no había nada y que jamás lo habría. Que era él quien se estaba aprovechando de las dos. Y que estaba ciega si se creía que un chico como ese la querría nunca.

Se despidió de su madre con un beso. Nunca le daba besos, así que a la mujer se le heló el corazón.

–¿Adónde vas?

–A una fiesta, mamá.

Mintió. Y se dio cuenta de que ahora lo hacía con tanta facilidad que ya no era consciente de cuándo mentía y cuándo no.

Al salir, volvió a oír la voz de su madre.

–Ve con cuidado.

Se quedó quieta. Tuvo la sensación de que el suelo se movía bajo sus pies. Respiró profundamente y trató de calmarse. No tenía motivos para preocuparse.

Solo iba a hablar con María.

25. Rocasegada

Dos días y podría regresar a casa.

–Pórtese bien. Tómeselo con calma –me dijo el médico.

¡Claro que me lo iba a tomar con calma! Cada paso que daba era un sacrificio. Subsistía a base de calmantes. ¿Por qué iba a jugarme el tipo por alguien que no se dignaba ni a decirme cómo se llamaba y que parecía hablar con jeroglíficos egipcios?

¡No! Mi salud era prioritaria. Debía andarme con cuidado. Si los tipos que me habían dado la paliza eran los gorilas de Llorenç, podían volver para rematar el trabajo.

La sola idea me puso el corazón a mil.

Una vez en casa, cerré la puerta, las ventanas y conecté la alarma. Me blindé. Aquello me hizo sentir algo mejor, aunque tampoco mucho. Pensé que tal vez me vendrían bien unas vacaciones. Unas vacaciones largas. Pasar de todo. Distraerme. Ya llegarían tiempos mejores.

Encendí el televisor, más que nada para sentirme acompañado. No me atrevía a pedirle a mi madre que viniera porque no le había contado nada de lo ocurrido y me daban más miedo sus preguntas que las de la policía. Visto así, a los treinta y cuatro años estaba más solo que la una. ¡Qué patético!

«Aimamí, Eduardo: Rocasegada (1961), Londres (1985)».

Y las palabras de la chica de negro, aquello que me había dicho en el hospital hacía solo dos días, me vinieron a la cabeza: «Podías haber tirado de dos hilos. Y tiraste del equivocado».

A los cinco minutos, había abierto un mapa de carreteras sobre la mesa. Quería saber dónde estaba Rocasegada.

Rocasegada era un pueblo de mala muerte a tres horas en coche, en el mejor de los casos, y a cuatro o cinco si uno estaba dispuesto a combinar toda clase de transportes públicos.

¡Otra vez el coche!

A este paso tendría que sacarme el carné o, mejor incluso, contratar a un chófer. Aquella idea me llevó a otra, y me acordé del taxista con manía persecutoria.

¿Dónde habría metido la tarjeta que me había dado? Intenté hacer memoria. Seguramente la había dejado en el bolsillo de los pantalones, los mismos pantalones arrugados, sucios de sangre y hechos un trapo que esperaban a ser lavados. Un lavado que tardaría en llegar, porque mirarlos y recordar aquellos puños de hierro machacándome la cara eran una misma cosa.

Hice acopio de valor. Fui al lavadero. Cogí los pantalones con dos dedos, como si tuvieran parte de culpa de todo lo que me había pasado. Y sí: la tarjeta estaba en el bolsillo de atrás, el mismo que suelo usar de tarjetero.

El taxista se llamaba Manuel Ríos. Aunque era tarde, no dudé en llamarlo.

Llegamos a un acuerdo enseguida.

Aquello me iba a salir por un ojo de la cara.

–¿Qué le ha pasado? –me preguntó Manuel al verme al día siguiente a la hora que habíamos quedado.

–Una mala caída.

–¿Fruto de sus persecuciones?

–No, no.

Me lanzó una mirada desconfiada por el retrovisor.

–¿A Rocasegada, entonces?

–Sí, sí.

Puso el taxi en marcha (por suerte, era nuevo y cómodo y olía bien) con una alegría que se reflejaba en sus ojos y en su voz.

–¿Sigue con la misma persecución?

Tenía que atajar el riesgo de pasarme todo el viaje respondiendo a las preguntas de Manuel Ríos, taxista de profesión y ávido lector de novelas policíacas.

–No puedo contarle nada. Sería demasiado peligroso. Pero le aseguro que, si esto sale bien, no me olvidaré de usted.

Esbozó una sonrisa inteligente.

–¿Le importa que ponga la radio?

–No. Ponga, ponga, que yo me echaré una cabezadita.

Me dolía la nariz, la cabeza..., el cuerpo en general. Debía de estar peor de lo que creía, porque cerré los ojos y, en cuanto volví a abrirlos, estábamos entrando en Rocasegada.

–¡Ya estamos! –anunció Manuel–. Caray, maestro, sí que tenía sueño atrasado.

Quedamos en que lo llamaría para volver y me dispuse a indagar los secretos que ocultaba Rocasegada.

26. Misterios

«Aimamí, Eduardo: Rocasegada (1961), Londres (1986)».

Solo tenía estos datos. Sepúlveda los había escrito en un papel. Le había dado mil vueltas.

Tenía toda la pinta de ser una fecha de nacimiento y una de defunción, como las de las biografías.

No, no era posible. Porque, de serlo, Eduardo Aimamí habría nacido en Rocasegada y habría muerto en Londres con veinticinco años.

¿O acaso había más de un Eduardo Aimamí?

Quizá aquel pueblo dejado de la mano de Dios estaba lleno de Aimamíes.

Misterios.

Misterios que me disponía a resolver.

El primer paso fue dirigirme al Ayuntamiento. En concreto, al Registro Civil, para comprobar aquellos datos a los que no dejaba de dar vueltas.

En el Registro Civil del Ayuntamiento de Rocasegada trabajaba una señora entrada en años y en carnes, de mejillas encendidas y sonrisa fácil. Un prodigio de simpatía. Nada que ver con la idea preconcebida que podamos tener de un funcionario del Registro Civil.

En cuanto mencioné el nombre de Eduardo Aimamí, el rostro de la mujer se iluminó con una sonrisa beatífica y, pletórica de orgullo patrio, me soltó un discurso que parecía imparable.

–¡Eduardo! En el pueblo estamos tan orgullosos...

Cuando fui a meter baza, no me dejó:

–Ha de saber que los Aimamí son una familia originaria de Rocasegada. Sus orígenes se pierden en el tiempo. Los antepasados de Eduardo Aimamí habían sido los señores de Rocasegada, que habitaron el castillo hoy en día desaparecido. Ahora, la casa señorial está en la plaza del pueblo, justo delante del ayuntamiento...

–Supongo...

–El padre de Eduardo Aimamí, Antonio Aimamí de Riudoms, fue el último de la saga que vivió en la casa familiar. Cuando murió en 1986, su único hijo, Eduardo, regresó de Inglaterra y, después de enterrar a su padre, puso en orden sus asuntos (piense que aún eran dueños de una gran fortuna), cerró la casa y se marchó a Barcelona, donde, como usted ya sabe, ha hecho carrera...

–Entonces...

–Nos apena que no haya vuelto nunca más aquí, a su pueblo y hogar. Espero que no se haya olvidado de sus orígenes, con lo ocupado que debe de estar.

Dio un profundo suspiro. Yo aproveché para meter baza.

–¿Usted qué cree que significa esto que pone aquí, en este papel?

Le acerqué la hoja con las fechas, escritos de puño y letra de Sepúlveda. La mujer se puso las gafas de ver de cerca.

–¿Usted también? De verdad, ¡qué manía!

–¿Cómo dice?

–Antes de usted, vino otro señor haciendo la misma pregunta. Y a él ya le dije que estas fechas no tenían ningún sentido. La fecha de nacimiento de Eduardo Aimamí es correcta, pero la otra... ¿No ve que el señor Aimamí está vivito y coleando?

Suspiró y movió la cabeza a los dos lados como si me riñera.

–¡Ay! Tiene que ser un error. Un error que vaya usted a saber de dónde viene.

Sonreí con cara de circunstancias. Había muchas cosas que quería saber y aquella mujer era un pozo de sabiduría. La cuestión era que no disponía de información nueva. ¡O sí! Porque me había dicho que el que se había muerto en 1986 era el padre de Aimamí. El año 1986. El mismo del papelito. Quizá aquella fecha no hacía referencia a una muerte. O, cuando menos, no a la de Eduardo Aimamí...

Otro hilo del que tirar:

–Y, dígame, el padre del señor Aimamí...

–Don Antonio...

–Ese. ¿De qué murió?

Se quitó las gafas y suspiró de la forma en que la gente suspira en los sepelios.

–¡Pobre hombre! –lamentó.

–¿Pobre hombre? Si no la he entendido mal, era un hombre poderoso.

–Sí, pero desgraciado.

Entonces me contó la desdichada historia de Antonio Aimamí. Y lo hizo con sentimiento. Como si fuera su propia historia, o la de sus antepasados, y le partiera el corazón recordarla.

Haré un resumen.

De joven, Antonio Aimamí era un hombre de mundo, con cierto aire aventurero, muy culto. Después de uno de sus viajes, regresó casado, cosa que sorprendió a sus vecinos, ya que, dada su edad (pasaba de los cuarenta y cinco), todo el mundo había dado por sentado que estaría soltero de por vida. La nueva señora Aimamí era una mujer inglesa mucho más joven que él. Se llamaba Rose Mary. Pronto se convirtió en la atracción de aquel pequeño rincón remoto del mundo. En 1961 fueron padres de un niño al que bautizaron con el nombre de Eduardo.

Después de dar a luz, Rose Mary, que era una chica solitaria y no muy dada a las relaciones sociales, se encerró en sí misma. No hablaba con nadie. No salía de casa. El servicio y la gente del pueblo hablaban y no callaban: ¿pasó tal vez por una depresión posparto? La cuestión es que el estado de la señora Aimamí fue empeorando con el paso del tiempo. Y llegó el momento en que ni siquiera era capaz de atender al niño.

Una mañana escarchada, a pocos días de la Navidad de 1962, desapareció.

El pueblo entero colaboró en la búsqueda.

A esta altura de la historia, los ojos de mi interlocutora

se empañaron. No cabía duda de que aquellos hechos habían marcado a los habitantes de Rocasegada.

–La encontraron a la mañana siguiente junto al río. Muerta. De frío. Dicen que los animales habían empezado a roer el cuerpo... ¡Horrible!

Se sonó la nariz.

A mí se me había hecho un nudo en la garganta. Sí, soy sensible.

–Y Aimamí se quedó solo con su hijo, claro.

–Pues no –respondió la interlocutora–. Al cabo de un año, lo envió a Inglaterra.

–¿No quiso criarlo?

–Ese es el gran secreto jamás desvelado. Porque aquí, en el pueblo, sabíamos lo mucho que Antonio Aimamí quería a su hijo. Y todos nos preguntamos por qué se había separado de él enviándolo lejos de casa. Las malas lenguas decían que el pequeño Eduardo era un niño débil y enfermizo. Que había heredado la enfermedad de la madre. Él quiso alejarlo del lugar donde ella murió. O eso es lo que yo siempre he pensado. Vaya usted a saber, porque Antonio Aimamí nunca volvió a ser el mismo.

–¿Y Eduardo no ha regresado nunca al pueblo?

–Sí. De pequeño pasaba las Navidades con su padre, en su casa. Y también los veranos durante los primeros años. A medida que se hizo mayor, dejó de venir. Luego don Antonio tuvo un ictus. ¡Pobre hombre! Solo podía contar con Carles Mercadé, que lo cuidó hasta la muerte.

Tomé nota del nombre mentalmente.

–¿Carles Mercadé?

–Trabajaba en la casa de los Aimamí. Ya sabe, hacía un

poco de todo. Solían tener mucha gente en el servicio. Pero desde aquello de la mujer... Antonio Aimamí también se volvió un poco raro y acabó despidiendo a todo el mundo. Como si la gente le molestara, ¿me entiende? Había una mujer del pueblo que acudía a cocinar y a limpiar la casa, aunque no era interna. Allí solo se quedaba Mercadé. Siempre estuvo al lado de su amo. Era su hombre de confianza. Cuidó de él hasta el último día.

–¿Dónde puedo encontrarlo?

–Ya no puede.

–No me diga que...

La simpática y locuaz funcionaria abrió mucho los ojos.

–Bueno, no se puede afirmar que esté muerto, porque en realidad es que le perdimos la pista. Sin embargo, ¿quiere que le diga algo?

–Diga, diga... No se contenga.

–Yo estoy convencida de que sí, de que Carles Mercadé está muerto.

Me quedé mirándola en silencio. La curiosidad que reflejaban mis ojos la animaban a seguir hablando.

–Un buen día, cerró una casa que tenía alquilada en el pueblo y se marchó sin decir palabra. Aunque aquí tampoco le quedaba nadie. Sin embargo, hay cosas...

Su voz era ahora un susurro.

–¿Qué cosas?

–Él tenía tierras en el pueblo. Y se desentendió de ellas. Si no quería cuidarlas, ¿por qué nos las vendió?

–Lógico.

–Créame si le digo que a Mercadé le ha pasado algo... Algo malo.

–¡Ostras!

* * *

Salí de aquel pequeño Ayuntamiento con la cabeza como un bombo. ¡Qué historia más extraña! Más bien parecía el guion de una película de suspense. ¿Quién sabe? Quizá hasta habría dado para una peli de terror.

Y todos los asuntos nuevos derivaban de esos hechos:

1. Una mujer que enloquece y se suicida.

2. Un hijo débil cuyo padre aparta de su lado a saber por qué.

3. Un criado fiel que desaparece sin dejar rastro.

¿Y ahora qué?

27. El hombre de la compañía eléctrica

La historia me daba vueltas en la cabeza como una novela acabada de leer, cuya trama no quiere abandonarte. Sus protagonistas, aquellos a los que podría haberme dirigido para seguir desenmarañando la historia, habían muerto o desaparecido.

¿Qué podía hacer?

¿Qué hizo Sepúlveda cuando llegó hasta aquí planteándose las mismas incógnitas que yo me formulaba ahora?

Solo se me ocurría hacer una visita a la casa familiar de los Aimamí y a la del fiel Mercadé. Era consciente de que no podría entrar por la puerta y de que no obtendría autorización de nadie para hacerlo. Si pedía permiso y me lo concedían, cosa que dudaba, pasaría tanto tiempo que la investigación acabaría cayendo en un punto muerto definitivo.

Por otro lado, si hacía las cosas bien, tendría que regresar una o más veces a Rocasegada. ¿Por qué?, ¿por qué volver cuando ya estaba allí?

Decidido a hacer las cosas a mi manera, me dirigí al bar Centro, que, como su nombre indicaba, se encontraba en el mismísimo centro del pueblo, justo delante del Ayuntamiento y al lado de la casa de la familia Aimamí.

Para ser un día laborable al mediodía, y tratándose de un bar de un pueblo perdido de la mano de Dios, me extrañó que estuviera tan concurrido. Ni una mesa libre. Claro que tampoco había tantas.

Me senté en la barra y pedí un agua mineral y algo de información. En concreto, la dirección de Mercadé.

–Al salir –me dijo un señor que parecía ser el dueño del bar–, tire a la derecha todo recto y, cuando vea la tienda de ultramarinos, es la casa de al lado.

Más hidratado, y con la información que buscaba en el bolsillo, volví a la calle. El sol daba fuerte. Deslumbraba. Eché a andar sin percatarme de que otros pasos me seguían de cerca.

La casa de Mercadé estaba en una calle estrecha y polvorienta, justo allí donde había dicho el hombre del bar, al lado de la tienda de ultramarinos.

Era una casa de pueblo típica y pequeña, bastante abandonada. Constaba de planta baja y un piso con un balcón que daba a la calle. Dos ventanucos, una en cada planta, eran las dos únicas aberturas en la fachada aparte de la entrada, un portalón de madera que en tiempos mejores debía de haber servido para la entrada de carros.

Por mucho que la mirara y la remirara, cada vez tenía más claro que la casa de Mercadé no brindaba ninguna posibilidad de acceso a nadie que, como yo, quería hacerlo de extranjis.

Observé la tienda de comestibles. Una tienda de pueblo de toda la vida que ahora lucía el nombre ostentoso de ULTRAMARINOS CASA JUAN.

¿Y si ellos tenían la llave?

¿Y qué, si tenían la llave?

No iban a entregársela al primer pardillo que pasara por allí y se la pidiera.

Claro que tampoco tenía alternativa mejor.

Al fin y al cabo, por preguntar...

Así que entré. Dentro, una señora de venerable cabello blanco, que iba en bata de estar por casa, estaba comprando legumbres cocidas.

Me dirigí al mostrador, donde atendía un señor barrigudo con bigote.

–Perdone, la llave de la casa...

No me dejó acabar.

–¡Hombre, por fin! Es el de la compañía eléctrica, ¿no?

La voz no me tembló al responder.

–Yo mismo, caballero.

–¡Ya era hora, hombre de Dios! Hace semanas que los esperamos. La casa está sin electricidad y tenemos que empezar la reforma. Si tardamos un poco más, se nos caerá encima y no podremos sacarle provecho. Me entiende, ¿verdad?

–Ya, es que estamos de trabajo hasta las cejas. ¿Me da la llave?

–¡Pepita, ven! –gritó el hombre.

Cuando la Pepita en cuestión apareció para acabar de atender a la señora, el hombre entró en la trastienda y volvió a salir con un manojo de llaves.

–Mire, entraremos por el patio que da a nuestra casa. Esa vivienda ha sido de mi familia de toda la vida. La teníamos alquilada, me entiende, ¿verdad? Pero el inquilino se ha esfumado. Lo tenemos en manos de abogados...

El hombre se detuvo para tomar aire.

–En fin, no hace falta que le siga contando miserias, que usted tiene trabajo que hacer.

–Sí, claro.

Seguí al tendero a través de un patio de hierbajos y matorrales que recordaba a la selva amazónica. Tanto que casi habría hecho falta un machete para avanzar.

Una portezuela franqueaba el paso a la casa donde había vivido Mercadé.

La luz que entraba a través de la puerta abierta dejaba a la vista un espacio amplio, vacío de muebles, si no contábamos un banco de madera de la época de Noé y una escoba. Nos hallábamos, sin duda, en la entrada principal. Lo comprobé cuando el hombre, que se movía en la penumbra como si conociera el lugar palmo a palmo (y así sería) abrió una ventana pequeña situada al lado del banco y que daba al patio.

Un tímido rayo de luz acabó de iluminar el tenebroso escenario.

En un par de pasos, se situó al lado del gran portalón de entrada.

–Mire, aquí están las cajas de la luz –me dijo, mostrándomelas–. Le dejo todas las llaves. Las necesitará si quiere revisar la instalación del ático. Solemos tenerlo cerrado. Y tome esta linterna, no vaya usted a descalabrarse.

–No sabe cómo se lo agradezco.

Se lo dije con una amplia sonrisa.

Y no mentía.

El tendero, que seguramente era el señor Juan de los Ultramarinos Casa Juan en persona, me dejó solo. Y yo, más contento que unas pascuas, me metí en la boca del lobo.

28. El ático

En la pared opuesta a la de la puerta del patio por donde habíamos entrado, se abría una bóveda que daba a la cocina comedor. Ayudado de la linterna, busqué alguna abertura que dejara pasar un poco de luz. Encontré un ventanuco, pequeño como todas las ventanas de la casa, que daba a la calle de al lado, porque el edificio hacía esquina.

Me hallaba en una cocina grande que conservaba la chimenea. En el centro, una mesa de madera muy gastada por el tiempo y dos bancos. Quien había vivido allí había intentado introducir algún elemento, digamos, moderno, como una cocina de gas que era una auténtica chatarra.

Pensé que Mercadé no debía de hacer mucha vida en aquella casa museo de la vida rural. Eso, o es que era un hombre de costumbres monacales.

La segunda planta estaba formada por una suerte de vestíbulo amplio, habitado únicamente por alguna que otra araña despistada. Allí se abría la puerta de lo que parecía ser la única habitación de la vivienda. Lo extraño era que estaba como si su inquilino acabara de salir y pensara regresar por la noche. Hasta la cama, de caoba maciza, estaba hecha. Sobre esta, el inevitable crucifijo en la pared. Al lado, una mesilla de noche y, en la pared contigua, una cómoda de grandes cajones y espejo.

Ni falta hace decir que abrí todo cuanto podía abrirse y que metí las narices en cada rincón. Aquel dormitorio era como un decorado teatral: todo parecía real, aunque en realidad estaba vacío de vida. No había nada.

Me senté en la cama y suspiré.

No sabía qué andaba buscando. Ni siquiera sabía si buscaba algo. A veces viene bien dejarse llevar por el instinto.

Y me pareció que la intuición me llamaba y me decía que subiera al ático. Le hice caso.

Tal como había mencionado el dueño de la casa, la pequeña puerta del ático estaba cerrada. Tuve que probar con distintas llaves antes de dar con la que abría.

Al hacerlo, el olor me echó para atrás.

Cerré los ojos cuando empezaron a llorarme y me tapé la nariz con la mano que la linterna me dejaba libre. Tomé una bocanada de aire y entré en aquella especie de casa del terror pestilente.

Miré a mi alrededor. El ojo de buey que debería haber iluminado la estancia estaba cubierto por los residuos que el tiempo y el abandono habían ido depositando en el cristal.

En ese momento agradecí más que nunca tener una linterna en la mano.

El haz de luz amarillenta me reveló un paisaje de bultos, cajas y toda clase de trastos que, la verdad, me tiró la moral por el suelo.

¡Si al menos hubiera sabido qué estaba buscando! ¿Por dónde debía empezar?

O tal vez la pregunta correcta era: ¿debía hacerlo?

Enseguida me puse manos a la obra.

Sí, la verdad, soy cabezota.

29. Londres, 1986

Perdí la noción del tiempo. También perdí el sentido del olfato. Aquel intenso tufo a tiempo pasado y olvidado dejó de ofender a mi pituitaria.

No tenía ni idea del tiempo que hacía que estaba encerrado en aquel ático rebuscando entre toda clase de porquería. Solo el runrún de mi estómago, quejándose de la falta de alimento, me hacía pensar que el tiempo transcurría rápido e implacable. Vaya, como siempre.

Llegó un momento en que, después de estar tanto rato agachado, los riñones se unieron a la protesta del estómago. Mi cuerpo se rebelaba. No encontraba nada interesante. Aquello era una locura. Quería regresar al ruido de la urbe, a mi casa, a mi dieta sana, a la comodidad de mi sofá. Me apetecía un zumo de naranja y zanahoria acabado de exprimir.

Me senté en el suelo (al fin y al cabo, no podía ensuciarme más de lo que ya estaba) y apoyé mi espalda dolorida contra unas cajas de madera amontonadas.

–¿Qué hago aquí? –murmuré desanimado.

Entonces, al sentarme, la linterna, que había apagado, se encendió de pronto. Sola. Lo juro.

–Y encima empiezo a ver visiones.

El haz de luz se fue ensanchando ante mis ojos abiertos como platos.

–Es esta peste, seguro. A lo mejor no es olor a cerrado. Igual el ático está lleno de gas y me está afectando al cerebro.

Y sin dejar de hablar, más que nada para no caer en un estado de pánico y perder el mundo de vista, seguí aquella flecha lumínica que, claramente, me estaba señalando algo.

En concreto, una caja.

La saqué de entre otras dos que la aprisionaban.

La abrí.

No veía bien el contenido.

Miré la linterna con el rabillo del ojo. La cogí con recelo, por no decir con creciente pánico, y enfoqué el interior de la caja.

Me puse cómodo y empecé a examinar el contenido. Lo primero que encontré fue un sobre grande, amarilleado por el paso del tiempo. Lo abrí con cierta repugnancia, pero con más curiosidad todavía. Contenía fotografías.

Las fui sacando poco a poco.

En la primera, un chico joven y moreno de sonrisa triste y enormes ojos azules miraba a la cámara con mirada suplicante y angustiada. Le di la vuelta:

«Eduardo Aimamí. Londres, 1980».

Noté que empezaba a hiperventilar. ¡Así que aquel era el verdadero Eduardo Aimamí! ¿Qué significaba todo aquello?

Aunque el cuerpo me pedía salir por patas y olvidarme de aquel asunto feo, me obligué a continuar. Tomé la segunda fotografía con las manos temblorosas.

En esta aparecía un niño delgado, enclenque, el mismo de la otra fotografía, aunque más pequeño, junto a un hombre con un bigote venerable. También le di la vuelta.

«Mi hijo y yo. Navidad de 1970».

Deprisa, como si me quemaran en las manos, fui mirando las imágenes, una a una. En la mayoría de ellas aparecía aquel hombre, seguramente Antonio Aimamí, solo o con su hijo en edades diferentes, aunque las últimas fotografías en las que salían juntos databan de 1978. A partir de aquella fecha, solo había unas cuantas fotografías de Eduardo tomadas en Londres.

Respiré hondo e intenté calmarme antes de abrir otro sobre. Hice bien, porque la impresión que sentí al ver la primera de las instantáneas solo era comparable a un golpe dado con la derecha en plena cara: esta mostraba a dos jóvenes abrazados por los hombros. Uno era el Eduardo Aimamí moreno y de ojos azules que acababa de ver en las fotografías anteriores. Y el otro, el Eduardo Aimamí futuro alcalde de Barcelona.

En el sobre había una buena docena de fotografías de los dos.

Resoplé.

Me atreví con un tercer sobre que solo contenía un documento. Estaba escrito en inglés. Lo enfoqué con la linterna y lo escruté. Detuve el haz de luz en seco sobre aquel nombre y aquellas fechas que ya me resultaban familiares:

«Aimamí, Eduardo: Rocasegada (1961), Londres (1986)».

Era el certificado de defunción de Eduardo Aimamí.

Había más sobres, más documentos y más fotografías. Seguramente, toda una historia familiar y la respuesta a muchas preguntas, aunque no a todas. Pero yo ya no podía más. Por la frente me resbalaba un sudor frío que también me empapaba el cuello. Tenía las manos entumecidas y me temblaban.

¿Qué significaba todo aquello?

No hacía falta ser un genio para deducir que el Eduardo Aimamí que vivía en Barcelona y que estaba a punto de convertirse en el nuevo alcalde de la ciudad era un impostor.

Y que, tal vez (¿por qué no?), como decía la extraña chica de negro, también era un asesino.

En uno de los sobres amarillentos de la caja introduje las fotografías y los documentos que me parecieron más reveladores. Lo metí en mi bolsa y salí del ático.

Mientras bajaba al vestíbulo de la planta baja, me sorprendió la oscuridad que me rodeaba. Yo había abierto ventanas, y ahora todo estaba otra vez cerrado a cal y canto.

Quizá Juan, el del ultramarinos, había entrado para revisar mi trabajo de operario de la compañía eléctrica.

Sin tenerlas todas conmigo, encendí la linterna y llegué al final de la escalera.

En ese momento, sentí que sobre mí se desplomaba una especie de camión que me hizo perder el mundo de vista.

30. Ella

Hacía un frío del demonio aquella noche en las Naves. El viento aullaba entre los edificios abandonados que se recortaban ante su mirada.

Al entrar en aquel espacio abandonado, tuvo la sensación de que todo quedó suspendido: los sueños, la vida, el tiempo.

No se veía ni un alma y empezó a pensar que tal vez había sido una broma. Una tomadura de pelo de María para poder reírse de ella y contarle a Nacho y a toda la pandilla que era una ingenua que se lo tragaba todo. Quizá a eso se refería Asunta al mencionar los golpes bajos de María.

Sacó el móvil del bolsillo para comprobar si tenía algún mensaje. No había nada.

«Ya he llegado. ¿Dónde estás?».

De repente, un relámpago rasgó el cielo y ella se sobresaltó.

El móvil le vibró en la mano.

«Vuélvete. Avanza hacia la nave central. La más grande. Estoy dentro».

No habían quedado ahí. Además, por lo que parecía, María la estaba observando. Se puso a escribir con nerviosismo.

«¿Esto de qué va? Tú... No...».

Borró el mensaje con rabia y guardó el móvil en el bolsillo de la chaqueta. No, no le daría el placer de verla asustada. Si quería que hablaran allí para atemorizarla, lo harían.

Tal como María le había dicho, dio media vuelta. Bajo la luz amarillenta de unas farolas, pudo observar el entorno: almacenes y edificios que parecían abandonados desde hacía mucho tiempo. Justo en el centro, la nave central de la antigua fábrica: un edificio que en otra época debió de ser majestuoso, pero que ahora le pareció igual de sucio y deteriorado que los demás.

El móvil vibró.

«¿Qué haces ahí parada, tía? Me estoy rayando. Entra ya. La puerta está abierta».

Y ella le hizo caso.

En efecto, la puerta de entrada a la fábrica estaba abierta. Alguien debía de haberla forzado. Aun así, tuvo que empujarla con fuerza para acabar de abrirla.

La puerta chirrió y ella se adentró en la soledad y el silencio del edificio.

Una vez dentro, tuvo un escalofrío. No había reparado en que fuera había empezado a caer una lluvia fina que le había mojado el pelo. Sentía que la humedad la impregnaba hasta el alma.

–¡María!

Gritó. Su voz retumbó en el vacío. Avanzó unos pocos pasos. La débil luz que entraba a través de unas ventanas altas revelaba una nave vacía. Si alguna vez había alojado máquinas y equipos industriales, ahora no había ni rastro de ellos. Solo una capa de polvo y tierra depositados en el suelo a lo largo de años y años de abandono.

–María, no hace gracia. ¿Dónde estás?

«Ay, hija, ¡qué histérica! ¿No te gustan las pelis de miedo? Mira a tu izquierda. Hay unas escaleras metálicas que suben al segundo piso. Estoy arriba. Te veo».

El móvil escupió una foto. Era oscura, aunque pudo reconocer su propia silueta. María la había tomado desde la planta superior.

Empezó a andar hacia las escaleras metálicas. En el suelo había pisadas que también se dirigían a la planta de arriba. Subió despacio en medio de aquel silencio ensordecedor roto solo por los latidos del corazón y el rumor de la lluvia, que ahora caía con fuerza.

En el segundo piso todo era tristeza y abandono. Igual que abajo. La diferencia era que estaba dividido en dependencias (antiguos despachos, seguramente) distribuidas a los dos lados de un pasillo tenebroso.

«Ahora tienes que adivinar detrás de qué puerta me escondo».

–¡Ya vale! O sales ahora mismo o me largo de aquí.

«No tienes sentido del humor».

–¡Esto no tiene gracia! ¡Para ya! –gritó. Ya estaba harta. Aquella broma macabra y de mal gusto tenía que acabarse.

Le llegó otra fotografía. Esta vez estaba hecha desde abajo. O María conocía muy bien aquel mausoleo y se movía por allí con facilidad o había más de una persona.

Se volvió otra vez hacia la escalera. Fuera como fuese, quería salir de allí cuanto antes. Empezaba a sentir un vacío en la barriga, una sensación de angustia.

Se precipitó hacia la escalera con el móvil todavía en la mano. Bajó despavorida y, de pronto, tuvo la sensación de que la fábrica, el mundo entero, se hundía a su alrededor. Uno de los escalones, oxidado por el tiempo, había cedido. Le había fallado un pie y un hierro se le había clavado en la rodilla. Cayó en medio de un grito de dolor.

Al tocar el suelo, tuvo el tiempo justo de ver una sombra escabulléndose por la puerta a toda prisa.

–¡María! ¡María! ¡Me he hecho daño!

31. Depredadores

Cuando me desperté estaba atado de pies y manos, tumbado en la cama que otrora había sido de Mercadé.

Intenté gritar, pero no pude. También estaba amordazado.

Entre las sombras pude distinguir la figura gigantesca de un hombre. Estaba quieto, inmóvil, y me observaba.

¿Era real? Es decir, ¿era aquel hombre real? La habitación entera me daba vueltas y veía estrellitas. Quizá aquella sombra fuera una alucinación más.

Desesperado, intenté pedir auxilio, aunque solo me salió un gruñido, como el de un animal que se debate en una trampa.

–¡Calla! –rugió la voz del hombretón.

Era real.

Todo era real.

Tenía un problema.

Otra vez.

Callé. Al fin y al cabo, tampoco se me entendía.

No sé cuánto rato pasó hasta que la puerta de la habitación se abrió y entró otro tipo. Hice lo posible por distinguir su rostro. Sin embargo, no lo conseguí hasta que él mismo se dirigió a la ventana y la abrió.

Era alto, moreno de pelo y de cara, y llevaba gafas de sol. Y un reloj de oro. E iba vestido impecablemente.

Era Raúl Llorenç.

In person.

Se situó junto a su gorila, que observaba la escena de brazos cruzados, impertérrito como una estatua de sal. O más bien como una estatua de hierro.

Llorenç me miró como el cazador que mira al conejito esmirriado que acaba de cazar.

–Bueno, bueno, bueno... Es usted cabezota, ¿eh?

Dije que sí con la cabeza. Tenía razón.

–¡Fíjese! Casi tendría que estarle agradecido. Porque nos ha ayudado mucho.

Abrió los ojos desmesuradamente. No sabía de qué me hablaba. Todavía.

–¿Se da usted cuenta de que, por culpa de los documentos y de las fotografías que ha encontrado, ha muerto mucha gente?

Sonrió mostrándome sus dientes de depredador. Asqueroso.

–Mercadé. Ya me dirá quién le mandaba meterse en este asunto. ¿Qué más le daba a él todo esto?

Hizo una pausa. Como si estuviera buscando la respuesta a su propia pregunta. Era tan obvia que hasta un imbécil como él acabó encontrándola.

–¿Quizá por lealtad a su amo? ¿A Antonio Aimamí?

Asentí pese a que no creía que aquel tipo entendiera un concepto como la lealtad.

–Ya ve... ¡Qué causa tan noble!

Soltó una carcajada aterradora que su gorila secundó.

–Y luego aquel colega suyo, el otro periodista... ¿Cómo se llamaba?

Cerré los ojos. Al evocar a Sepúlveda sentí una punzada en el corazón.

–¡Qué bueno era! Siguió las pistas que dejó Mercadé como un buen lebrel. Más le habría valido la pena no hacerlo.

Pausa.

–Encontró lo mismo que ha visto usted ahora. Ya lo sabíamos. Intentamos hacerle cantar para saber dónde lo había escondido. Ni siquiera cuando lo emborrachamos nos dijo ni pío. Creíamos que lo guardaba en su casa, con el resto de la documentación del reportaje que estaba preparando. El caso Comarons... Enviamos un contacto que teníamos en la policía. Ya sabe qué quiero decir... Lo registraron todo. Ni rastro. Maldito periodista... ¡No hubo manera!

Soltó otra carcajada aterradora.

–No podíamos ni imaginarnos que, en realidad, había vuelto a dejar toda la documentación en el mismo lugar donde la había encontrado. ¡Era listo, su amiguito periodista!

Me picaban los ojos. Tenía ganas de llorar, de gritarle a la cara que no era más que una mierda de delincuente vestido de señor. Una piltrafa humana indigna de pronunciar el nombre de Sepúlveda.

–Y eso que insistimos bastante para hacerlo hablar, antes de emborracharlo y sentarlo en aquella moto.

Otra risotada asquerosa.

–Mira que conducir bebido...

Suspiró y miró de reojo el reloj de oro.

–Se hace tarde. No tengo todo el día y este pueblo de mala muerte está lejos de la civilización. Tengo que estar en Barcelona a la hora de cenar.

Se dirigió al gorila sin mirarlo.

–Haz lo que te he dicho.

Sentí el miedo retorciéndose en mis entrañas y pensé que aquello no era justo; que yo era demasiado joven, guapo y listo para morir de aquella manera tan estúpida. En unos segundos, mi vida entera me pasó por delante. Me di cuenta de que la había desaprovechado de mala manera. «Si pudiera dar marcha atrás...», dije para mis adentros. «Si pudiera cambiar las cosas. Algunas cosas...».

Y entonces fue cuando se oyó aquel estrépito en la planta baja.

32. La fuga

Llorenç me dejó bajo la vigilancia del gorila y bajó corriendo, renegando, hacia la entrada principal de la casa.

Lo que se encontró allí fue el cuerpo tendido del otro gorila que había puesto a vigilar la entrada. Se acercó para ver qué le había pasado sin dejar de maldecir. Cuando fue a agacharse para examinar el cuerpo, cayó sobre él una fuerza incontrolada.

Profirió un grito espeluznante que hizo que el rostro del gorila que me vigilaba cobrara forma humana. Se puso rojo y los ojos le hicieron chiribitas. Se dirigió hacia las escaleras, haciendo retumbar el entarimado como si una manada de búfalos atravesara la casa.

Me quedé solo.

Intenté moverme como si tuviera espasmos a fin de aflojar las cuerdas. Todo fue en vano. En las películas sale bien, pero en la triste realidad no funciona.

Estaba sudado como un pollo cuando oí otro grito y un ruido como el de un saco de patatas al caer al suelo.

Luego, pasos que subían por las escaleras apresurados y ruidosos.

Me puse a gemir de puro pánico.

Pero no era necesario. Porque era él.

Mi taxista preferido: Manuel Ríos.

Sonriente y locuaz como de costumbre, me desató y me liberó de la mordaza.

–Tenemos que darnos prisa, porque solo los he atizado con un legón. Eso sí, les he dado bien.

–¿Con un qué?

–Con un legón. Una azada con la hoja más ancha, ¿sabe? Es que yo me crie en el campo.

–¡Ah! –exclamé, algo mareado, mientras intentaba ponerme de pie.

Manuel me miró y silbó.

–¡Vaya tela! Tiene un buen chichón.

Y se rio.

–No se preocupe, que a estos panolis también les saldrán cuernos.

Tiró de mí para salir.

–Y ahora, pies en polvorosa, que solo les he dado con el mango. Tampoco es cuestión de matar a nadie.

La estampa del vestíbulo era para echarse a reír o a llorar, según se mirara. Los dos gorilas estaban tendidos en el suelo con Llorenç en medio, como si fueran un bocadillo de jamón.

Corrí hacia aquel montón de grasa.

–¿Qué hace? ¡Tenemos que largarnos ya, maestro!

–Busco mi bolsa. He estado a punto de morir por lo que hay dentro.

–No llevaban nada encima –me aclaró Manuel–. Me he fijado bien.

Un gemido emergió de en medio de aquel montón humano. Era Llorenç.

–¡Que se despierta! –grité.

Manuel no se puso muy nervioso. Al contrario, me cogió por el brazo y me empujó hacia fuera con decisión. Desde luego, sus lecturas policíacas le habían servido de mucho.

–Tienen el coche aparcado en la puerta. Iban tan de sobrados que no se les ha ocurrido pensar que llamaban la atención. No han dejado a nadie vigilando. Lo sé porque he seguido todos sus pasos desde que lo he dejado y...

–Manuel, hombre...

–Pues bien que le ha ido. Vamos a ver si su bolsa está ahí.

Salimos corriendo a la calle, donde, efectivamente, el deportivo de Llorenç esperaba paciente a su amo.

–Está cerrado.

–Cúbrame –ordenó Manuel mientras empezaba a manipular la cerradura.

–¿Seguro que todo esto lo ha aprendido leyendo novelas policíacas?

–Más vale que no pregunte.

La cerradura cedió. Entramos en el coche.

–Mientras lo pongo en marcha, usted mire en el maletero. Puede que la bolsa esté ahí.

Corrí a comprobarlo.

¡Allí estaba!

Entré, triunfante, en el coche. Y Manuel le dio gas de aquella manera que él tenía de hacerlo.

–¡La tengo!

–¡Vámonos a Barcelona!

–¿Y su taxi?

–No se preocupe, que no se moverá de donde está.

¡Vaya tipo, Manuel Ríos!

33. El rompecabezas

Me enclaustré en casa para poner palabras a todo lo que había vivido en tan poco tiempo. Sabía que Eduardo Aimamí no era quien decía ser. Sospechaba que, valiéndose de Llorenç, se había cargado a Sepúlveda. Y puede que, antes de matarlo a él, hasta hubiera acabado con Mercadé.

Pero a aquella historia todavía le faltaban capítulos.

Capítulos que se resolverían cuando aquellos dos indeseables, que, evidentemente, se habían esfumado, fueran capturados.

Solo faltaban unas cuantas piezas de aquel macabro rompecabezas para poder hacer realidad el reportaje que me resituaría en el primer plano de la actualidad, cuya exclusividad, por supuesto, había negociado con la policía.

Aquellos días viví en un estado de agitación permanente. Por una parte, hasta que no detuvieran a aquella panda de criminales, sabía que no estaría seguro del todo.

Cualquier ruido me sobresaltaba como un conejo, y nunca mejor dicho.

Sin embargo, y esto era lo más importante, también vivía con un deseo enorme de ver otra vez a la chica de negro. De contarle todo lo que había pasado. Lo que había descubierto.

¿Por qué no se había vuelto a poner en contacto conmigo? ¿Por qué no entraba en casa saltando la tapia del jardín o escondiéndose entre las jardineras? ¿Por qué desaparecía cuando más necesitaba su presencia?

El deseo de ver a la chica de negro era más fuerte que el miedo. Una tarde soleada del mes de junio, me acerqué al paseo marítimo y volví a sentarme en aquel banco en el que un día del que ya hacía mucho o poco, según como se mirara.

Tenía la esperanza de encontrarla allí, hecha un ovillo mirando el mar, con el pelo de reflejos castaños oculto bajo la capucha.

Quería decirle que lo había conseguido.

O casi.

Sin embargo, pese a sentarme frente al mar todos los días durante una semana, no volví a encontrarla.

El escándalo estalló en Barcelona y provocó un tsunami de consecuencias impredecibles.

Los documentos y las fotografías de Llorenç y sus secuaces que hallé en el ático de la casa donde había vivido Mercadé, que logré recuperar gracias a la ayuda de mi taxista de cabecera y que me apresuré a dejar en manos de la policía, fueron la prueba irrefutable que permitió emitir una orden de busca y captura internacional contra Raúl Llorenç y Eduardo Aimamí.

Con pocos días de diferencia, dieron caza a los dos fugitivos, que fueron detenidos gracias a la colaboración de la policía de diversos países, que seguía su rastro.

Ambos cantaron.

Las peores sospechas se hicieron realidad y conformaron un cuadro dantesco de crímenes y suplantaciones de identidad.

La historia, sin lugar a dudas, contenía todos los elementos necesarios para satisfacer al lector de novela policíaca más exigente. Un lector como Manuel Ríos, por poner un ejemplo.

34. Escándalo

Llamaron a la puerta y el corazón me dio un vuelco de emoción. Sentí cierta decepción al ver ante mí la figura apuesta del inspector Muñoz. El policía con pinta de modelo de anuncio de colonia, el mismo que me había visitado en el hospital, había tenido la deferencia de venir a mi casa para entregarme las últimas piezas de aquel rompecabezas criminal.

Lo hice pasar, ansioso por saber cómo había acabado la historia, aunque molesto porqué por un momento, pobre de mí, pensé que sería ella. Iluso: ¡si jamás se dignaba a llamar a una puerta!

–Como sabrá, los hemos atrapado.

–Sí, en la televisión ya lo han dicho unas cuatrocientas veces.

Sonrió de un modo encantador. Bueno, lo que quiero decir es que, si yo hubiera sido una mujer, habría encontrado encantadora su sonrisa.

–Le debemos la resolución de unos cuantos casos que no estaban cerrados, como le conté. He venido a saldar la parte que me corresponde.

Pausa para hacerse el interesante.

–Lo que hay aquí –me dijo, extendiéndome un dosier bastante grueso– no lo sabe nadie fuera de la policía. Aquí tiene su exclusiva.

–Hágame un resumen, por favor. Estoy impaciente.

–Tal como parecían demostrar las fotografías que encontró, el Eduardo Aimamí que todos conocemos no era el auténtico Eduardo Aimamí.

–¿Quién era entonces?

Hizo un ademán para pedirme paciencia.

–¿No tendrá algo fresquito?

–¿Le va bien un zumo de manzana?

Puso cara de póquer. Corrí a buscar dos zumos y volví a acomodarme en el sofá, impaciente.

–El hombre que ha estado a punto de convertirse en alcalde de Barcelona...

Nos quedamos mirando con los ojos abiertos con espanto.

Tragó saliva.

–Se llama Juan Pavía. Nacido en Sabadell en 1961. Hijo de una familia desestructurada. Aspirante a delincuente. Se marchó en 1980 a Londres. O tal vez debería decir que huyó. Allí hizo toda clase de trabajos aparentemente legales. Hasta que encontró un puesto en el Mandsley Hospital, al sur de Londres.

Me miró para ver si yo pescaba algo que no acababa de pescar.

–El Mandsley es un hospital psiquiátrico.

Aquello abrió una grieta en las tinieblas de mi cerebro.

–¡Ahora caigo! Un hospital psiquiátrico. Esto tiene algo que ver con el auténtico Eduardo Aimamí, ¿verdad? El hijo de Antonio Aimamí.

–¡Exacto! Aquel chico frágil y un poco raro, según quienes lo conocieron, desarrolló a partir de los quince años una esquizofrenia paranoide, la misma enfermedad que llevó a su madre al suicidio.

–Por eso no regresó nunca más al pueblo.

–Por eso...

Nos quedamos callados, mirando nuestros respectivos zumos de manzana.

–Qué vida más triste, la de Eduardo Aimamí.

–Y qué muerte más triste. Porque Juan Pavía, que trabajaba como celador del hospital, se fue ganando su confianza para averiguarlo todo sobre él.

–Una confianza enfermiza...

–Acabó siendo una persona imprescindible para el pobre enfermo.

–¡Caray!

–Hasta que, un día de octubre de 1986, Eduardo recibió la noticia de la muerte de su padre.

Di un salto en el sofá. Ya sabía qué venía a continuación.

–Y Juan Pavía lo mató y se hizo pasar por él.

–Hizo desaparecer los documentos hospitalarios que certificaban la muerte de Aimamí. Seguramente, en el pueblo ya nadie recordaba la cara de aquel niño enfermizo al que hacía más de diez años que no veían, y se presentó como el heredero de la familia.

–¡Qué locura!

Me levanté del sofá para pensar mejor.

–Pero Mercadé lo reconoció –dije.

–No. Él tampoco lo recordaba bien. Casi ni lo había visto, porque hacía tiempo que no volvía al pueblo.

–¿Entonces?

–Nunca sabremos qué pasó. Tal vez un presentimiento, una intuición. Lo cierto es que empezó a rebuscar entre las fotografías que el viejo Aimamí conservaba en casa. Las que usted encontró. Empezó a sospechar. Y se puso a investigar por su cuenta.

–No debió de costarle mucho averiguar la verdad.

–No. En cuanto encontró cierta documentación sobre el hospital donde estaba ingresado Eduardo, debió de cuadrarle todo.

–Y se marchó del pueblo para ir en busca del impostor.

Volví a sentarme en el mismo momento en que el inspector Muñoz se levantaba para estirar las piernas.

–Mientras tanto, el falso Eduardo Aimamí ya había sacado provecho de la fortuna heredada. Hizo carrera en el mundo de los negocios. Es un tipo muy inteligente. Frío como un iglú, eso sí.

–Me imagino.

–Había conocido a Comarons y a su incondicional Llorenç. Y habían tenido algún desacuerdo.

–¿Y por eso lo mató?

–Por eso y porque se ve que le hacía gracia el cargo que ocupaba Comarons.

–Supongo que fue en ese momento cuando hizo piña con Llorenç.

El inspector afirmó con la cabeza y volvió a sentarse.

–La horma de su zapato.

–Tal para cual, vaya.

Me lo quedé mirando.

–¿Qué pasó con Mercadé? –pregunté.

Muñoz resopló y dijo:

–Pobre ingenuo. Se enfrentó a él y le dijo que lo sabía todo y que tenía pruebas. Lo mataron en una antigua nave abandonada del Poblenou una fría noche de enero. Enterraron el cuerpo en un descampado, al lado mismo de la nave.

–Pobre hombre.

–Llorenç recordaba perfectamente el sitio. Nos los ha indicado. Hemos hallado restos de dos cadáveres.

–¿Dos?

–Los dos asesinados a tiros por la misma pistola.

–Pero ¿quién...?

–Las muestras de ADN indican que uno es el de Mercadé.

–¿Y el otro?

–Corresponde al de una chica que desapareció aquel mismo año. Tenía dieciséis años en el momento de la muerte. Se llamaba Marta Soler. No sabemos por qué estaba allí. Seguramente, la mataron porque los descubrió.

Buscó algo en el bolsillo interior de la americana.

–¿Quiere ver una foto? Es del archivo policial.

Me la mostró.

Perdí el mundo de vista.

35. Ella

La situación no podía ser más grave. Tenía una gran herida en la rodilla y la pantalla del móvil se había roto.

Se echó a llorar. De rabia. De dolor. De impotencia. ¿Cómo podía ser tan burra? Claro que, ¿cómo iba a imaginar que María fuera capaz de gastarle aquella broma macabra?

María.

Estaba segura de que era la persona a la que había visto salir corriendo de la fábrica después de caer al suelo. Tal vez había ido en busca de ayuda. Podía estar dolida con ella, pero no era mala tía. Entonces, pensó, ¿por qué no se había acercado a preguntarle cómo estaba? ¿Pensaba dejarla allí tirada, herida, en medio de ninguna parte?

Se le escapó un gemido que resonó contra aquellas paredes vacías, húmedas y solitarias.

No, no podía ser. A lo mejor se había asustado y por eso se había ido corriendo. Seguro que lo pensaría dos veces e iría a buscar ayuda. Claro, María no sabía que se le había roto el móvil. ¿Y si creía que podía llamar a alguien? ¿Y si no pedía ayuda? ¿Cuándo la sacarían de allí?

–Mamá... –susurró.

Y la idea de su madre sufriendo en casa toda la noche, sin tener noticias de ella, le dolió más que el corte en la pierna.

Debía mantenerse ocupada para no desesperarse. Se miró la rodilla. Le dolía mucho y todavía sangraba. Recordó lo que había visto en alguna película. Se quitó la chaqueta y el jersey, se rasgó la manga de la camisa, y envolvió la herida con el trozo de tela. Pero no había ganado nada. Solo tiempo.

Luego intentó ponerse de pie. Su grito se estrelló contra las paredes. Se dejó caer al suelo, desesperada. Estaba segura de que, además del corte, se había roto el tobillo. Estaba hinchado y le resultaba imposible apoyar el pie en el suelo.

Se dejó llevar por el desánimo. Gritó. Lloró. Renegó. Hasta que se le acabaron las fuerzas y se quedó dormida.

En sueños, le parecía oír la voz de María; volvía a ver los mensajes en el móvil. Sentía cómo caía por la escalera.

Se despertó empapada en sudor, gritando.

La rodilla le escocía y sentía punzadas de dolor, y el tobillo le dolía mucho. Alzó la vista hasta las claraboyas por las que solo entraba oscuridad. Se extrañó al pensar que el puerto estaba cerca y que toda una ciudad vibraba a dos pasos de allí.

¿Qué hora sería?

Prestó atención.

Solo se oía silencio. Hasta la lluvia había huido de aquel lugar siniestro.

Se echó a temblar.

De frío.

Y de miedo.

¿Cómo era posible que María la hubiera dejado allí, sola y herida?

De pronto, el corazón le dio un vuelco.

Oyó ruido. Venía de fuera. Era un rumor. Parecía el motor de un coche. Sí. Cada vez lo oía con más claridad. Lo sabía. María regresaba con ayuda.

Se arrastró como pudo por el sucio suelo polvoriento de la nave.

El ruido se fue acercando, hasta que se interrumpió. Un coche se había detenido delante de la nave. Aguzó el oído. Ruido de puertas abriéndose y cerrándose. Voces que parecían salir de la burbuja de silencio que la envolvía. Y alguien que gritaba.

Avanzó un poco más por el suelo, cerrando los ojos para no sentir tanto el dolor, hasta situarse en el centro de la nave.

Las voces se acercaban a la puerta. Pronto la sacarían de allí y su pesadilla habría terminado.

La puerta se abrió.

Y entonces los vio, recortados al contraluz amarillento de la entrada a la nave.

Dos hombres arrastraban a otro de los brazos y lo apuntaban con sendas pistolas.

Quiso gritar, pero no pudo.

Oyó dos tiros.

Uno para el hombre.

Otro para ella.

Todavía tuvo tiempo de dar una última mirada alrededor; una mirada cargada de incomprensión ante aquella muerte estúpida.

Porque, en ese preciso momento, Marta murió.

36. Marta

Hoy han enterrado los despojos de Marta. Después de más de tres años de sufrimiento, de no saber qué había sido de su hija, si estaba viva o muerta, ni por qué había desaparecido de aquella manera, su madre ha devuelto a la tierra aquel cuerpo joven y desafortunado. Ahora descansará junto a su padre.

No ha llorado. A esa mujer no le quedan lágrimas que verter. Los pocos que hemos asistido a la ceremonia, al verla marcharse vestida de negro, encorvada de dolor, nos hemos dado cuenta de que, a partir de ahora, su vida solo será una triste espera del momento de reunirse con los que ha dejado atrás, encerrados en aquel nicho frío.

He dejado una rosa blanca sobre la tumba de Marta y he vuelto a casa, envuelto en la sensación de frío que me acompaña día y noche desde que vi su rostro en aquella foto, a pesar de que el verano está presente en cada rincón de la ciudad.

Desde que a duras penas salí del estado de *shock* en el que me vi inmerso después de ver la fotografía de Marta, me he hecho muchas preguntas.

Ninguna tiene respuesta.

Me pregunto una y otra vez qué hacía Marta sola en aquella nave abandonada una noche de invierno. Nunca lo sabremos. La policía ha interrogado a todos los que, de una forma u otra, podían tener alguna idea al respecto: familiares, pocos; amigos del instituto con los que, al parecer, ya no se relacionaba; compañeras de trabajo...

Nadie. Nadie sabe por qué Marta acudió a las Naves aquella noche.

¿Tal vez por una cita amorosa?

¿Se citó con alguien que no se presentó o que la dejó sola?

Su madre ha repetido a la policía hasta la saciedad que, cuando se despidió por última vez de su hija, le dijo que iba a una fiesta.

Sin embargo, le mintió.

¿Por qué?

No hay testimonios.

Lo único que puede darse por seguro es que Marta estaba en el lugar inadecuado en el momento inadecuado. Es posible que estuviera sola en la nave y que fuera la testigo inoportuna de un asesinato. El del pobre Mercadé. ¿Por qué no se escondió? ¿Por qué no huyó de aquellos asesinos? Por lo visto, tenía una fractura en el pie. ¿Se la hizo antes de cruzarse con Aimamí y Llorenç y esto le impidió huir? ¿La hirieron ellos antes de rematarla?

De momento, no hay respuestas. Quizá los interrogatorios policiales arrojen algo de luz sobre estas preguntas. Aunque eso no devolverá la vida a Marta.

Ahora bien, queda hacerse la mayor pregunta de todas. La definitiva. Si no hay respuesta para las demás, para esta, menos aún, porque forma parte de esos secretos insondables, de esos secretos que no pertenecen a este mundo.

¿Cómo se explica que Marta volviera de entre los muertos para vengarse de su asesino?

¿Y por qué me eligió a mí como brazo ejecutor de esa venganza?

No encuentro ningún sentido. Tampoco puedo dejar de pensar en todo esto. No puedo dejar de pensar en ella: en casa, apareciendo de la nada, en el jardín. O sentada delante del mar, mirando al más allá, sin futuro.

No he podido hablar de esto con nadie, como es de suponer.

Ni lo haré nunca.

Ella, Marta, me ha cambiado.

Después de vivir esta experiencia, el mundo ha dejado de girar únicamente a mi alrededor. Mi vida tendrá que hacer un cambio muy grande, una transformación absoluta, porque, si yo fui digno de la confianza de Marta, debió de ser por algo.

Algo se espera de mí.

Y estoy seguro de que ella lo sabe. Esté donde esté, lo sabe.

Ahora bien, lo primero que haré será redactar el artículo. No por el dinero ni por la fama. Incluso llegué a dudar de si escribirlo o no. Marta vino desde tan lejos para encargármelo que no le puedo fallar.

Tengo muy bien pensado qué haré con el dinero. Hay muchas cosas que arreglar en este mundo. Solo debemos mirar más allá de nosotros mismos para verlas.

No.

A Marta, nunca le fallaré.

Índice

Núria Pradas

Núria Pradas Andreu nació en el barrio barcelonés del Poblenou, al ladito del mar. Estudió Filología Catalana y enseguida comenzó a trabajar en lo que más le gustaba: enseñar, labor a la que dedicó muchos años de su vida profesional. Empezó a escribir por curiosidad, porque hacía teatro con sus alumnos y alumnas y necesitaban obras para representar. Del teatro pasó a la novela, y ya no ha parado. Lleva escritas unas sesenta obras y ha ganado algún que otro premio; entre otros, el Carlemany y el Ramon Llull.

Cuando alguien le pregunta por qué escribe, ella siempre responde lo mismo: «Ahora no podría hacer otra cosa. Todavía me quedan muchas historias por contar».

Bambú Grandes Lectores

Bergil, el caballero perdido de Berlindon
J. Carreras Guixé

Los hombres de Muchaca
Mariela Rodríguez

El laboratorio secreto
Lluís Prats y Enric Roig

Fuga de Proteo 100-D-22
Milagros Oya

Más allá de las tres dunas
Susana Fernández Gabaldón

Las catorce momias de Bakrí
Susana Fernández Gabaldón

Semana Blanca
Natalia Freire

Fernando el Temerario
José Luis Velasco

Tom, piel de escarcha
Sally Prue

El secreto del doctor Givert
Agustí Alcoberro

La tribu
Anne-Laure Bondoux

Otoño azul
José Ramón Ayllón

El enigma del Cid
M.ª José Luis

Almogávar sin querer
Fernando Lalana,
Luis A. Puente

Pequeñas historias del Globo
Àngel Burgas

El misterio de la calle de las Glicinas
Núria Pradas

África en el corazón
M.ª Carmen de la Bandera

Sentir los colores
M.ª Carmen de la Bandera

Mande a su hijo a Marte
Fernando Lalana

La pequeña coral de la señorita Collignon
Lluís Prats

Luciérnagas en el desierto
Daniel SanMateo

Como un galgo
Roddy Doyle

Mi vida en el paraíso
M.ª Carmen de la Bandera

Viajeros intrépidos
Montse Ganges e Imapla

Black Soul
Núria Pradas

Rebelión en Verne
Marisol Ortiz de Zárate

El pescador de esponjas
Susana Fernández

La fabuladora
Marisol Ortiz de Zárate

¡Buen camino, Jacobo!
Fernando Lalana

La montaña del Infierno
Marisol Ortiz de Zárate

Cómo robé la manzana más grande del mundo
Fernando Lalana

El canto del cisne
Núria Pradas

Montgomery Bonbon. Asesinato en el museo
Alasdair Beckett-King /
Claire Powell

La llave de plomo
Carlo Frabetti

Montgomery Bonbon. Muerte en el faro
Alasdair Beckett-King /
Claire Powell

Ella
Núria Pradas